기쿠치 간菊池寬 단편소설

일본문학 총서 8

기쿠치 간菊池寬 단편소설

박용만 옮김
이성규 감수

도서출판 시간의 물레

■ 저자 소개

　소설가, 극작가, 저널리스트로 활약했던 기쿠치 간(菊池寬; 1888~1948)은 1888년 가가와(香川)현(県) 다카마쓰(高松)시(市)에서 태어나, 교토(京都)대학 재학 중에, 제3차, 제4차 『신시초(新思潮)』에 참가한다. 중학교를 졸업한 후, 도쿄고등사범학교에 진학하는데, 수업을 받지 않는 등의 원인으로 퇴학처분을 받고, 다시 메이지(明治)대학 법과에 입학하지만 3개월 만에 자퇴하고, 징병을 모면하기 위해 와세다(早稲田)대학에 학적만 남겨둔다. 1910년, 다이이치(第一)고등학교 일부(一部) 을류(乙類)에 입학하지만 졸업 직전 여러 가지 이유로 다시 퇴학당한다. 그 후 교토(京都)제국대학 문학부 영문학과에 입학했는데, 구제 고등학교 졸업 자격이 없어, 처음에는 본과에서 배우지 못하고 선(選)과에서 배워야만 했다. 이듬해 구제 고등학교의 졸업 자격시험에 합격하여 본과로 옮기고 1916년 동 대학을 졸업한 후, 지지신포(時事新報) 기자로 근무했다.

그 후 상경해서, 아쿠타가와 류노스케(芥川龍之介), 구메 마사오(久米正雄)와 나쓰메 소세키(夏目漱石)의 『모쿠요카이(木曜会)』에 참가한다. 1919년에 『추오코론(中央公論)』에 『은원의 저편에(恩讐の彼方に)』를 발표한다. 이 시기 전후에 본 역서에 다루고 있는 주옥같은 단편 『무명작가의 일기(無名作家の日記)』(1918), 『투신자살 구조업(身投げ救助業)』(1917), 『와카스키재판장(若杉裁判長)』(1918), 『어떤 항의서(ある抗議書)』(1919), 『시마바라신주(島原心中)』(초출 불분명) 등이 등장한다.

이후 지지신포(時事新報)를 퇴사하고 집필 활동에 전념한다. 이듬해 오사카마이니치(大阪毎日)신문·도쿄마이니치(東京毎日)신문에 연재한 『진주부인(真珠夫人)』이 큰 호평을 받아 인기작가가 된다. 『분게이슌주(文芸春秋)』를 창간, 『분게이카쿄카이(文芸家協会)』를 설립하고, 권위 있는 문학상인 아쿠타가와(芥川)상, 나오키(直木)상을 제정하여 작가의 복지와 신인의 발굴, 육성 등에도 공헌한다.

제2차 세계대전 종전 후, 기쿠치 간은 일본의 '침략전쟁'에 『분게이슌주(文藝春秋)』가 주도적인 입장을 취했다는 이유로 공직에서 추방된다. 1948년 2월에 위장 장애로 몸져눕

는다. 회복 후 3월 6일에 친족과 주치의를 자택으로 불러, 쾌유 축하 모임을 가졌는데, 가장 좋아하는 음식인 생선 초밥을 먹은 후, 2층으로 올라가자마자 협심증으로 오후 9시 15분 급사한다. 향년 59세.

기쿠치 간의 작품은 인생 경험이나 인생관을 창작에 살리는 것을 중시했는데, '소설가가 되려고 하는 청년에게 보낸다'는 문장 속에서, "25세 미만인 자는 소설을 써서는 안 된다"고 서술하고 있다.

그의 작품 중에서 『아귀(餓鬼)』의 모델은 아쿠타가와 류노스케(芥川龍之介)이고, 『하나님처럼 약하다(神の如く弱し)』는 구메 마사오(久米正雄)가 모델이다.

이름의 '寬'은 '히로시'라고 읽으면 본명이고, '간'이라고 읽으면 필명이었는데, 본인은 어느 쪽으로 불려도 특별히 신경을 쓰지 않고 대답했다고 한다. 단, '기쿠치(菊池)'를 실수로 '기쿠치(菊地)'라고 쓰면 몹시 화를 냈다고 한다.

'기쿠치 간(きくちかん)'의 철자를 바꾸면 '구치키칸말을 안 하다'가 된다. 이 철자 바꾸기는 기쿠치가 살아있을 때부터 그의 친구들 안팎에서 동시다발적으로 회자되었다는 기록도 있다. 기쿠치 간은 마작, 경마, 장기에 몰두했다고

알려져 있다. 기쿠치가 마작에서 지면 욱하고 입을 다물어 버리는 바람에, 대전자가 '구치키칸(말을 안 하다)'이라고 험담을 했다고 한다.*

---

* [フリー百科事典『ウィキペディア(Wikipedia)』
https://ja.wikipedia.org/wiki/%E8%8F%8A%E6%B1%A0%E5%AF%9B]에서 일부 인용하여 적의 번역함.

■ 역자 머리말

본 역서에서는 기쿠치 간(菊池寬)의 단편소설 중에서 『무명작가의 일기(無名作家の日記)』(1918), 『투신자살 구조업(身投げ救助業)』(1917), 『와카스키재판장(若杉裁判長)』(1918), 『어떤 항의서(ある抗議書)』(1919), 『시마바라신주(島原心中)』(초출 미정)의 총 5편의 단편을 소개한다.

『무명작가의 일기(無名作家の日記)』의 초출은 1918년 『추오코론(中央公論)』에 발표한 것으로 되어 있다. 저본(底本)은 분게이슌쥬(文芸春秋)에서 1988년에 출판한 『기쿠치 간(菊池寬), 단편과 희곡(短篇と戲曲)』이며, 번역은 인터넷 도서관 『아오조라(青空)문고』에서 제공하는 파일을 참고하였다. 이에 감사의 뜻을 표한다.

『투신자살 구조업(身投げ救助業)』의 초출은 1917년 『신시초(新思潮)』에 발표한 것으로 되어 있고 저본은 분게이슌쥬(文芸春秋)에서 1988년에 출판한 『기쿠치 간(菊池寬), 단편과 희곡(短篇と戲曲)』이며, 번역은 인터넷 도서관 『아오조라(青

空)문고』에서 제공하는 파일을 참고하였다. 이에 감사의 뜻을 표한다.

『와카스키재판장(若杉裁判長)』의 초출은 연구자에 따르면 1918년으로 추정되며 저본은 분게이슌쥬(文芸春秋)에서 1988년에 출판한『기쿠치 간(菊池寬), 단편과 희곡(短篇と戯曲)』이며, 번역은 인터넷 도서관『아오조라(青空)문고』에서 제공하는 파일을 참고하였다. 이에 감사의 뜻을 표한다.

『어떤 항의서(ある抗議書)』의 초출은 1919년『추오코론(中央公論)』4월회[추오코론샤(中央公論社)]으로 되어 있고 저본은 도쿄소겐샤(東京創元社)에서 1996년에 출간한『일본탐정소설전집(日本探偵小説全集)11 명작집(名作集)1』(1996)이며, 번역은 인터넷 도서관『아오조라(青空)문고』에서 제공하는 파일을 참고하였다. 이에 감사의 뜻을 표한다.

『시마바라신주(島原心中)』의 초출은 불분명하다. 저본은 분게이슌쥬(文芸春秋)에서 1988년에 출판한『기쿠치 간(菊池寬), 단편과 희곡(短篇と戯曲)』이며, 번역은 인터넷 도서관

『아오조라(靑空)문고』에서 제공하는 파일을 참고하였다. 이에 감사의 뜻을 표한다.

『무명작가의 일기(無名作家の日記)』는 주인공 자신을 모델로 삼은 도미이(富井)의 일기로 창작자의 고뇌를 그린 해학적 소설이다. 주인공은 자신이 작가로서의 재능이 없는 것을 한탄하고 동시에 재기 넘치는 라이벌 야마노(山野)를 한없이 질투하는 이야기로 전개된다.

주인공은 고교[구제 중학교]까지는 도쿄에서 다니고 대학은 교토에서 다니게 된다. "야마노[山野; 芥川竜之介(아쿠타가와 류노스케)가 모델]나 구와타[桑田; 久米正雄(구메 마사오)가 모델]는 주인공이 그들의 압박에 견디지 못해서 교토로 온 것이라 생각하지만, 어떻게 생각하든 상관없다. 나는 되도록, 그들에 관해 생각하지 않으려 한다."라고 하면서도 나에게는 장래 작가로서 생계를 꾸려나갈 수 있을지에 대한 불안이 엄습한다.

한편 그는 야마노가 편지 속에서 그렇게까지 경멸했던 『문학연구』를 유일한 본령(本領)으로 외돌토리 신세가 되고 만다.

마지막을 "유행작가! 신진작가! 나는 그런 공허한 명칭에 동경했던 것이, 요즘은 조금 창피스럽게 느껴진다." "천재의 작품도 언젠가는 지렁이의 조소거리가 되는 것이다. 하물며 야마노 같은 자의 작품은 지금부터 10년 지나면, 지렁이의 웃음거리도 되지 않게 될 것이다."와 같이 맺고 있다.

교토의 가모가와(鴨川)강 부토쿠덴(武德殿) 근처에 있는 호젓한 목조 다리는 교토(京都)의 자살 명소인데 그 근처에 한 노파가 살고 있다.『투신자살구조업(身投げ救助業)』은 이 노파에 관한 이야기이다.

다리에서 누군가가 몸을 던지면 반드시 이 집에서 으레 키가 작은 노파가 뛰어나온다. 그 노파는 자살하는 사람을 몇 사람이나 구하여 수입도 얻고 경찰로부터도 위로의 말을 듣는 것이 유일한 삶의 낙이다. 한편 그 노파에게는 불만이 하나 있었는데 그것은 살아남은 상대로부터 고맙다는 인사가 없다는 것이었다. 그래도 구조를 계속해서 목돈이 생겨 좋아했는데 하필이면 이때 노파에게 불행이 엄습하게 된다. 하나뿐인 딸이 유랑 극단의 남자 배우와 눈이 맞아 노파의 돈을 훔쳐 도망친 것이다. 절망한 노파는 마침내 거꾸로 그

강에 투신하는데 한 사람에게 구조되어 살아난다. 그때 왜 살아남은 상대가 자기에게 고맙다는 인사를 하지 않았는지를 깨닫게 된다. 스스로 인생을 끝내기 위해 자살을 시도했는데 낯선 사람에게 방해를 받았기 때문이다. 노파는 구해 준 남자에 대해 감사의 기분은커녕 원망의 기분마저 생겼던 것이다. 무척 얄궂은 결말인데, 여기에는 '천박한 친절은 위선이다'라는 작자의 신랄한 메시지가 담겨 있다.

『와카스키재판장(若杉裁判長)』은 △△△지방재판소의 형사부 재판장인 와카스기 고조(若杉浩三) 씨에 관한 이야기이다. 와카스기(若杉) 씨는 젊을 때 상당히 독실한 크리스천이었는데 그도 다른 보통 사람들과 마찬가지로 어느 사이엔가 청년 시절의 신앙을 어딘가에 두고 온 것 같았다. 그런데 그는 죄인에 대한 대단히 깊은 동정심을 가지고 있다. 특히 그 죄인이 저지른 죄를 조금이라도 후회하고 참회라도 하는 모습이 보이면 재판장의 판결은 관대해졌다. 아마도 와카스기 재판장의 청년 시절의 신앙은 역시 어딘가에 흔적을 남기고 있는 것 같다. 그런데 어느 날 자기 집에 도둑이 들고 그로 인해 불쾌한 인상을 머릿속에 떠올리면서 이런 것을 생각했다. 지금까지 자기는 진정으로 죄라는 것을 정당하게 생각해온 것일까? 그것은 너무나 죄를 추상적으로 생각해온 것은 아닐까? 죄인 쪽에서만 죄를 생각하고 있던 것은 아닐까? 이로 인해 와카스기 재판장의 지금까지 품었던 죄악감이 완전히 바뀌게 된다.

『어떤 항의서(ある抗議書)』는 흉악무도한 강도에게 누나 부부를 참살당한 남자가 사법대신(司法大臣)에게 보낸 항의서이다. 범인은 이미 사형이 집행되었는데 이 남성은 우연히 『사카시타 쓰루키치의 고백』이라는 한 권의 책이 어느 변호사의 노력으로 출판된 것을 알고 울분을 토하게 된다.

극악무도한 범인이 기독교로 개종하여 '교수대에 오르는 것이 천국에 가는 기분으로 죽는 것'이란 내용에 대해 항의하고 있는 것이다. 세상에서 많은 인간을 죽이고 많은 여성을 욕보인 악인이 감옥에 들어가서 기독교의 감화를 받아 죽음의 고통을 전혀 느끼지 않고 천국에라도 가는 심정으로 쉬이 죽어간다면 형벌의 효과는 어디에 있다는 말인가? 그 신앙의 고백을 발표하고 국가의 형벌기관의 효과가 기독교 신앙에 의해 유린당한 것을 공포(公布)한다. 아울러 '피해자

유족의 감정을 상처 입히는 것을 허용하는 것이 사법 정책 상에서 생각할 때 어떠한가?', '형벌의 목적은 개과천선에 있다' 등과 같은 사형 폐지론자의 주장은 자기 처나 자녀를 강도에게 살해당해 본다면 본인 분개가 얼마나 자연스럽고 정당한가를 이해할 것이라는 내용으로 결말짓고 있다.

『시마바라신주(島原心中)』는 가난한 한 화족(華族)이 한 졸부의 원한을 사서 여러 가지 수단으로 물질적으로 압박을 받고 그 화족은 그 압박을 벗어나려고 발버둥 치지만 오히려 졸부가 만들어 둔 함정에 빠지는 신문 소설의 줄거리를 생각하고 있던 주인공 화자는, 법률 자문을 얻기 위해 지금은 법률사무소에 근무하고 있는 산코(三高) 시절의 친구 아야베(綾部) 변호사를 찾아간다. 그리고 아야베의 검사 시절의 '시마바라(島原) 신주(정사; 情死)' 사건에 관한 이야기가 전개된다. 아야베 검사는 살아남은 남자를 대상으로 어째서 신주(정사)를 한 건지, 어떻게 기루에서 일하는 여자는 목숨을 끊었는지에 대해 임상 심문을 시작한다. 처음에는 남자와 여자에 대한 동정보다 이 사건이 어떤 형벌에 해당하는가에 초점이 맞추어졌지만, 차츰 여자의 처참한 삶을 알고 나서부터는 그녀에 대한 동정심이 생기기 시작하고 검사의 감정에 조금씩 변화가 생긴다.

  일본어는 한국어에 비해 상대적으로 언어형식이 분화적인 면이 있고 분석적인 표현이 주를 이루기 때문에, 한국어로 그것을 그대로 옮기면 부자연스럽거나 용장감(冗長感)을 느끼게 된다. 그렇다고 해서 한국어 표현에 지나치게 초점을 둘 경우, 일본어의 생생한 어감을 제대로 살리지 못하며, 또한 일본어에서는 구별하여 사용하고 있는 미세한 감정 표출을 언어화하기가 쉽지 않다. 번역에서는 먼저 '치밀한 본문 비판'이라는 시점에서 출발하여, 당해 작품에 대한 언어학적 분석을 거친 후, 그에 상당하는 어휘와 표현을 결합하는 것이 중요하다고 판단된다. 지금 언급한 내용은 실은 이상적인 과정에 불과하므로, 과연 본 역서가 이에 부합하는지의 여부는 독자의 판단에 맡긴다.

                2023년 1월 20일
                    역자

■ 저자 소개 : 기쿠치 간菊池寬 / 4
■ 역자 머리말 / 10

■ 무명작가의 일기無名作家の日記 / 18

■ 투신자살 구조업身投げ救助業 / 73

■ 와카스키재판장若杉裁判長 / 89

■ 어떤 항의서ある抗議書 / 114

■ 시마바라신주島原心中 / 156

무명작가의 일기無名作家の日記

9월 13일

드디어 교토(京都)에 왔다. 야마노[山野; 芥川竜之介(아쿠타가와 류노스케)가 모델]나 구와타[桑田; 久米正雄(구메 마사오)가 모델]는, 내가 그들의 압박에 견디지 못해서 교토에 온 것이라고 생각할지도 모른다. 그러나 어떻게 생각하든 전혀 관심 없다. 나는 가능한 한 그들에 대해 신경 쓰지 않으려 한다.

오늘 비로소 문과 연구실을 구경했다. 뜻밖에 좋은 책이 있다. 누에가 뽕잎을 탐하듯 닥치는 대로 독파해 나갈 것이다. 연구라는 점에서는, 결코 도쿄(東京)에 있는 무리들에게 지지는 않겠다고, 나는 그 연구실을 보았을 때 정말이지 마음이 든든했다.

더욱이 나는 교토 그 자체가 마음에 들었다. 특히 오늘 대학 앞을 지나가던 중에, 청려(淸麗)[1]한 물이 소리를 내며

막힘없이 흘러내리는 작은 도랑에, 시라카와(白河) 산에서 흘러내려 온 듯이 보이는 새빨간 열매 몇 개가 떠내려 오고 있는 것을 보았다. 도쿄의 길거리 등에서는 꿈에도 볼 수 없는 그런, 그 신선한 정경이, 내 마음을 초가을의 교토로 끌어당기고 말았다. 나는 교토가 좋아졌다. 교토에 온 것을 결코 후회하지 않는다.

그러나 나는 요즘 절실히, 어떤 불안한 마음이 엄습해오는 것을 느낀다. 그것은 다름 아닌, 앞으로 내가 작가로서 생계를 꾸려나갈 수 있을지에 대한 불안이다. 냉정하게 생각했을 때, 내게는 그런 면이 조금도 없는 것 같다. 도쿄에 있었을 때는 야마노(山野)나 구와타(桑田)나 스기노(杉野) 등에 대한 경쟁심에서 나도 충분히 할 수 있다는 자신감을 가지고 있었다. 하지만 지금 모든 선입관을 버리고 공평하게 자기 자신을 바라보았을 때, 나에게는 창작가로서의 아무런 소질도 없는 것 같다.

나는 문학에 뜻을 품은 청년이 자칫 범하기 쉬운 천분(天分)[2]의 오산을 한 것이 아닌가 하는 걱정이 든다. 나도 이런

---

1) 청려(淸麗) : 맑고 고움.

생각을 하기는 싫지만, 청년 시절에 문학에 대한 열렬한 지망(志望)을 서로 이야기하고, 문단에 대한 야심에 불타던 남자가, 언제까지고 세상의 빛을 보지 못하는 것만큼 쓸쓸한 일은 없다. 나도 그들 중의 한 사람이 아닐까? 인생의 다른 방면에 뜻을 두는 사람은, 다소 자신의 천분을 오산한다 할지라도 그럭저럭 속임수가 통하기 마련이다. 돈의 힘 또는 혈연의 힘 등이 천분의 결함을 어느 정도까지 보완해 준다. 그러나 예술에 뜻을 두는 사람에게 천분의 오산은 치명적인 실책이다. 여기에는 천분의 결함을 보완해 줄 아무런 자료도 존재하지 않는 것이다. 황금이라고 여겼던 자기 소질이 시간이 지남에 따라 구리나 납인 것을 알게 되는 순간 그것으로 끝이다. 천분의 오산은 머지않아 평생의 오산이 되어, 단 한 번뿐인 인생을 오롯이 날려버리게 되는 것이다. 예로부터 지금까지 천분의 오산으로 인해 인생을 망쳐버린 무명의 예술가가 몇 명이나 있었던가! 한 명의 셰익스피어가 크게 이름을 떨치게 되는 배후에, 몇 사람의 군소(群小) 희곡가가 무가치한, 소멸되어버릴 게 뻔한 희곡들을 계속해서 써 왔던가! 한 사람의 괴테가 독일 전역의 칭송에 젖어있을

---

2) 천분(天分) : 타고난 재질이나 직분.

때, 몇 명의 무명 시인이 자신의 평범한 시작(詩作)에 빠져 있었던가! 무명으로 끝난 예술가는, 작곡가 중에도 있었을 것이다. 배우 중에도 무수히 있었으리라. 한 사람의 천재가 선택받기 위해서는, 많은 무명의 예술가가 그 발밑에 한 명의 천재를 위한 사료가 되는 것이다. 무명의 예술가도, 그 예술적 향상심(向上心)3)이나 예술적 양심에 있어서, 결코 천재적인 사람에게 뒤쳐질 리 만무하다. 그들의 결점은 오직 하나! 그것은 그들의 천분이 아무리 닦아 문질러 윤을 내도 빛나지 않는 납이나 구리라는 사실이다.

이렇게 생각하니 나는 참을 수 없이 나 자신이 싫어진다. 나는 어째서 창작가가 되는 것에 마음을 품은 것일까? 왜 문학에 뜻을 둔 것일까? 이런 생각을 하면, 나는 항상 나 자신의 어리석음에 정나미가 떨어지고 만다. 내가 문과(文科)를 선택한 것은, 문학자 숭배라고 하는 하잘것없는 소년 시절의 감정에 지배받고 있는 것에 지나지 않았다. 또 하나의 원인이 있었던가? 그것은, 내가 중학 시절에 작문에 자신이 있었다고 하는, 말도 안 되는 원인이었다. 이러한 소년 시절의 우발적인 충동으로 선택한 생애의 여정을, 지금에 와서

---

3) 향상심(向上心) : 향상되고자 하는 마음.

는 무슨 일이 있어도 수행하지 않으면 안 되는 처지에 놓이게 된 내가 정말 한심스럽다.

그래도, 고등학교(高等學校)4)에 다닐 때는 조금은 자신감이 있었다. 자신감이 있었다기보다도, 자신의 진정한 천분이나 처지를 스스로 속이며 얼버무려 나갈 수 있었던 것이다. 특히 야마노(山野)나 구와타(桑田) 등의 타오르는 듯한 문단적(文壇的)인 야심이나 자만에 가까운 자신감이, 내게도 어느 정도 이입되어 있었기 때문인지도 모른다. 고등학교 시절, 침실에서 모두가 함께 베개를 나란히 하고 잘 때는, 문단에 관한 이야기 외에는 거의 아무것도 하지 않았다. 특히 가와사키 준이치로(川崎純一郎)5) 씨(氏)의 활약상이, 자주

---

4) 고등학교(高等學校) : 구제(舊制) 고등학교인 다이이치(第一)고등학교 일부(一部) 을류(乙類)를 가리키는 것으로 판단된다. 구제(旧制) 고등학교는 메이지(明治)시대에서 쇼와(昭和) 시대 전기에 걸쳐 일본에 존재했던 고등교육기관으로, 교육과정인 교육 내용이 지금의 고등학교와는 조금 다르다. 대부분의 존속 시기 동안 제국대학(帝国大学)을 중심으로 하는 관공립(官公立)의 구제(旧制) 대학 학부 진학을 위한 예비 교육을 남성만을 대상으로 행했다.

5) 가와사키 준이치로(川崎純一郎) : 소설 속의 '가와사키 준이치로(川崎純一郎)'는 필시 '다니자키 준이로(谷崎潤一郎)'를 가리키는 말인데 그의 회고록에서도 당시 문학청년들의 모습을 엿볼 수 있다. 성공한 다니자키(谷崎)에게 이 소설과 같은 심정은 보이지 않지만 기쿠치 간(菊池寬)도 성공한 사람이다. 설령 데뷔 당시 고생은 했다 하더라도

우리 사이에서 화제가 되었다. 가와사키(川崎) 씨(氏)는 우리들의 가장 가까운 목표였다. 그 사람의 눈부실 정도로 찬연(燦然)6)한 출세가, 그 무렵의 우리의 마음을 얼마나 돋우었던가! 구와타는 그런 이야기가 나오면 불타는 듯한 눈동자로, "뭐라고? 우리는 동료잖아! 머지않아 인정을 받을 거야. 누구 한 사람 유명해지면 정말 좋을 텐데. 그 녀석이 남은 사람을 순서대로 이끌어 가주면 되잖아."

구와타는 그 최초로 유명해지는 사람이 자기인 것 같은 자신감을 가지고 말했다.

야마노 "그렇고말고. 문예부에서 위원을 하던 사람은 모두 문단에서 유명해졌잖아. 야베(矢部) 씨를 봐! 오야

사실은 무명으로 끝난 작가 입장으로 보면 비참하다고도 할 수 있는 내용이다. 예술은 재능의 세계라고는 하나, 특히 문학은 독자에게 많은 시간을 강요해서 읽어 달라고 부탁해야 하기에 거기에 이르기까지가 힘들고 인정받는 것이 어렵다. 게다가 천분의 재능이 전부라고 하지만 가차 없는 일이다. 본 작품의 주인공의 질투와 초조를 한심하고 무정하다고 말하는 것이 아니라 문학을 직업으로 삼는 각오를 묻고 있다고 판단된다. 이상은
[https://www.amazon.co.jp/-/en/gp/customer-reviews/RJGUZB0HBF6FB?ASIN=4777139344]에서 인용하여 적의 번역함.

6) 찬연(燦然) : 어떤 일이나 사물이 영광스럽고 훌륭한 것.

마(小山) 씨를 봐! 와다(和田) 씨(氏)를 봐! 곤도(近藤) 씨를 보라고! 전부 문예부 선배잖아. 뭐, 문단 같은 데도 의외로 쉬운 데라고."

천재이자 오만한 야마노(山野)가 구와타(桑田)에게 이렇게 맞장구를 쳤었지 아마? 나는 이런 대화를 들을 때마다 야마노와 구와타 등의 격렬한 희망이나 강한 자신감의 일부가, 내 마음에도 이입되어 왠지 믿음직스럽게 생각되었다. 그와 동시에 미래의 문단에서 정말 유명해지는 사람은 구와타나 야마노 등으로, 나는 언제까지나 그들의 그늘에 무명작가로서 묻히는 것은 아닐까 하는 불안에 사로잡혔다. 이미 그 무렵에도 야마노는 학교 전체를 놀라게 한, 그런 심각하고 짓궂은 소설을 문예부에 싣고 있었고, 구와타는 구와타대로 같은 잡지에 각본을 몇 개나 발표했다. 게다가 그것은 세련된 기교와 재치 있는 구상에 있어서, 정말 한층 두드러지게 눈에 띄는 성과를 나타내었다. 그리고 두 사람 모두 문예부 위원이었다. 야마노가 "문예부의 위원을 하고 있던 사람은, 모두 문단에서 유명해졌잖아."라고 한 말인 즉은 현재 위원인 야마노가 앞으로 쉽게 문단에서 유명해질 수 있다고 선언한 것과 똑같았다.

 나는 항상 야마노가 자기 인격의 강점을 믿고 쓸데없이 다른 사람에게 상처를 입히는 그런 태도가 기분 나빴다. 그러나 그럼에도 불구하고 그 녀석의 천분을 인정하지 않을 수는 없었다. 야마노나 구와타는 분명히 첫걸음은 내딛고 있었던 것이다. 그런데 나는 그 무렵에는 물론 지금도 아무것도 하지 않고 있다. 게다가 나 혼자 무리를 떠나 문단에 나오는 데에는 대단히 불리한 교토(京都)에 오고 말았다. 거기에는 경제적인 이유도 있었다. 그러나 다른 유력한 원인은 내가 야마노나 구와타들 사이에서 그들의 뛰어난 천분으로부터 끊임없이 받고 있던 불쾌한 압박을 참을 수 없게 되었기 때문이라고, 굳이 말하자면 말하지 못할 것도 없다. 특히 야마노는 의식적으로 나를 압박하려고 공격하고 있었다. 그 녀석은 자기의 뛰어난 소질을 자기보다 뒤떨어진 사람과 비교하여 거기에서 생기는 우월감으로 자신의 자신감을 기르려 하는 질이 좋지 않은 남자였다. 그리고 그 비교의 대상이 되는 것은 대부분 나였던 것 같다. 언제였더라? 내가 요시다 미키조(芳田幹三)의 『조수』를 읽으며 감탄하고 있자니 그 녀석은, "뭐야!『조수』가 재미있다고? 좀 난감하군." 하며 비웃은 적이 있었다. 그 녀석의 조소는, 사람을 내친 채로 옆에 다가오지 못하게 하겠다는 식의 신랄한 조소였다. 그 녀석은 내가 조금이라도 시시해 보이는 글을 읽고 있으면 예외 없이, 예전과 같은 남이 싫어할 만한 말을 굳이 내뱉었다. 그런가 하면, 내가 헨리 입센의『브랜드(Brand)』처럼 조금 난해한 내용의 책을 읽고 있으면, "허!『브랜드』네? 자네가 이것을 이해할 수 있다고?" 하며 지껄인다. 이럴 때 나는 그 녀석을 한 대 후려갈겨 주고 싶은 마음도 들었지만, 그 녀석의 하얀 피부의 이마와 총명한 눈동자를 보면 어떤 위엄이 느껴진다고나 할까? 육체적으로는 나보다도 한참 연약해 보이는 그 녀석을 어떻게 할 수가 없었다. 그 녀석은 구와타(桑田)와 나, 스기노(杉野), 가와세(川瀬) 등의 창작가 지망생들끼리의 모임에서 자주 이런 말을 하곤 했다.

야마노 "우리들은 모두 점점 문단에서 인정받아 가겠지. 그러나 한 사람 정도는 왠지 남겨질 것 같아. 모두가 신진작가로서 입을 모아 칭찬받을 때 혼자 남겨지는 거지. 좀 웃기지 않아? 혹시 그 불리한 제비를 의외로 내가 뽑을지도 모르지만 말이지."

  그는 그렇게 말하면서 자신감에 가득 찬 얼굴로 홍소(哄笑)[7]했다. 그리고 내 쪽을 의미 있는 눈빛으로 흘끗 바라보았다. 나는 정말 기분이 나빴다. 똑같이 창작가로서 출발한 사람 중에서, 그 한 사람이 언제까지고 홀로 남겨진다는 것은, 정말 얄궂은 일이지만, 남겨지는 당사자 입장으로 볼 때 정말 참을 수 없는 일이다. 하지만 실제로 그런 경우는 쉽게 찾아볼 수 있다. 천분에 가장 자신감이 없었던 나는, 그런 경우를 상상하는 것을 애써 피하려 하고 있다. 그런데 야마노는 나나 나와 똑같이 자신감 옅은 스기노 등을 일부러 괴롭히기 위해 그런 얄궂은 경우를 상상하며 즐기고 있는 것이었다.

  단 한 사람만이 남겨진다! 그것은 분명 생각만으로도 쓸쓸한 일이었다. 나는 도쿄(東京)에 있으면서 야마노나 구와타 등과 경쟁관계에 있는 것이 너무 불쾌하여 참을 수가 없

---

[7] 홍소(哄笑) : 입을 크게 벌리고 웃거나 떠들썩하게 웃는 것.

었다. 그들에게 받는 끊임없이 불쾌한 압박에서 벗어나는 것만으로도 나로서는 얼마나 좋은 일인지 몰랐다. 교토에 와서 그들과 전혀 다른 처지에 있으니 그들 중에 남겨진 경우라도 변명거리는 얼마든지 있다. 또 교토에 왔기 때문에, 문단으로 나갈 기회가 오히려 빨라질지도 모른다는 희망이 희미하게나마 있었던 것 같다. 그것은 나카타(中田)박사가 교토의 문과대 교수라는 사실이었다. 박사는 이미 문단으로부터 상당히 멀리 떨어져 있다. 그러나 그래도 문단 일부와는 어떤 식으로든 관계를 맺고 있었던 것이다. 박사에게 인정받기만 한다면, 의외로 빨리 문단에 소개되어 내 천분을 끝까지 경멸하던 야마노 등을 깜짝 놀라게 만들어 주는 것도 결코 불가능한 일이 아니다. 내가 교토에 온 이유는 그러한 점에도 어느 정도 있다고 볼 수 있다.

10월 1일.

왠지 모르게 정신이 어수선하다. 특히 해질녘이 오면 그렇다. 파란 융단을 전면에 깐 것처럼, 넓은 범위에 미쳐 있는 히에이(比叡)의 산허리가 잿빛으로 창망(蒼茫)[8]하게 저물기 시작할 무렵이 되면 나는 견딜 수 없는 쓸쓸함에 사로잡힌다. 나는 스스로 고독을 추구해왔다. 그러나 그 고독은, 바로 나를 해치기 시작했다. 게다가, 내 고독의 쓸쓸함 뒤에는 격렬하게 초조한 마음이 감춰져 있다. 도쿄에 있는 야마노나 구와타 등이 나날이 얼마나 성장하고 있을지를 생각하면 나는 한시라도 가만히 있을 수가 없다. 내가 연구실에서 조지 버나드 쇼(George Bernard Shaw) 전집을 뒤지고 있는 동안, 구와타는 전부터 쓰겠다던 3막의 사회극(社会劇)을 진작에 다 썼는지도 모른다. 내가 교실에서 쓸데없는 노트를 만들고 있는 동안, 야마노는 이미 절반 이상 번역을 완료한 하우프트만(Hauptmann, Gerhart)의 『직조공들』의 출판 서점을 찾았는지도 모른다. 그렇게 생각하니 나는 점점 참을 수 없을 것만 같은 기분이 들었다. 올해 안에 야마노와 구와타는 문단에 어찌 되었든 하나의 발판을 구축할지도 모른다. 나는 더 이상 가만히 보고 있을 수만은 없었다.

나는 그들에게 대항하기 위해 희곡 『밤의 위협』을 쓰고 있다. 그러나 내 머리는 고등학교 때의 엉망진창이었던 생활 때문에 정말이지 완전히 소모되고 말았다. 이 희곡의 주

---

8) 창망(蒼茫) : 넓고 멀어서 아득한 것.

제에는 약간 자신이 있다. 그러나 내 펜에서 나오는 대사는 진부한 문구뿐이다. 중학교 시절에, 내가 생각해도 자부하고 있던 상상의 부섬(富贍)9)한 것 등은 종적도 없이 사라졌다. 하지만 여하튼 이 각본을 다 쓸 것이다. 각본이 완성되면, 나카타 선생님을 찾아뵐 것이다. 선생님의 호의로 내 앞날은 의외로 밝게 빛나게 될지도 모르니까.

나는 오늘 우연히 요시노 다츠미(吉野辰三) 군(君)10)을 만났다. 고등학교에서는 나보다 한 해 선배로, 역시 교토의 문과(文科)에 와 있었다. 요시노 군과 이야기해 보니 등단을 위해 발버둥 치고 있는 사람이 결코 나 혼자가 아닌 사실에 조금 안심했다. 요시노 다츠미! 예전의 나는 그 사람을 얼마나 숭배했는지 모른다. 메이지(明治) 40년경(1907년)의 『문학세계(文學世界)』의 독자에게 있어서, 그 사람의 이름은 얼마나 빛나고, 또 얼마나 큰 매력을 지니고 있었을까? 『다야마 가타이(田山花袋) 선정 현상(懸賞) 소설』에 몇 번이나 투고하고도 성공하지 못한 나는 요시노 군의 화려한 활약상을

---

9) 부섬(富贍) : 재물(財物)이나 지식(知識)의 밑천이 아주 넉넉한 것.
10) 군(君) : 친밀감을 가지고 대등하거나 손아랫사람을 부르는 말씨. 그런데 옛날에는 손윗사람에 대한 경칭으로 사용되었다.

얼마나 부러워했는지 모른다.

하지만, 천재라고까지 격찬 받았던 요시노 군은, 그 후 『문학세계』의 투고를 그만두고 나서, 벌써 몇 년이 되었는지 알 수 없지만, 묘연히 문단에 이름을 나타낼 곳이 없다. 문학 지망을 포기했는가 하면 그렇지도 않다. 실제로 문과에 있으면서, 문단에 나올 기회를 기다리고 있다. 그러나 그 기회는 이 사람에게 쉽게 주어질 것 같지도 않다. 이야기해보니, 요시노 군도 몹시 초조해하고 있었다. 하지만 그 사람이, "내가 이래 봬도, 신진작가라고 불린 적도 있으니까."라고 말했을 때 나는 조금 쓸쓸한 생각이 들었다. 요시노 군은 옛날의 꿈을 상당히 과장하고 있는 것이었다. 잘은 기억나지 않지만, 그때 『문학세계』의 당선 소설만 모은 단편집이 세상에 나온 적이 있다. 그 표제(標題)에 신진작가라는 직함이 있었던 것 같기는 하다. 그러나 투고자로서 이름을 날린 것을 버젓한 작가라도 된 것처럼 상상하고, 즐기고 있는 요시노 군에 비해 나는 어쩐지 가엾고 쓸쓸한 존재라는 생각이 들었다. 하지만 나는 요시노 군을 만나고 나서, 왠지 믿음직스럽고 당당하게 생각할 수 있었다. 소년 시절에 재능과 학식이 뛰어나다고 그토록 빛을 발했던 그 사람이, 다시 문단에 진출하지 못하고 있는 것이다. 그렇게 생각하니 나는 조금 안심이 되었다.

그런데 이 대학의 문과에 있는 무리는 어째서 저렇게 모두가 다 구제받지 못한 사람들만 모여 있는 것일까? 특히 우리 반에 있는 녀석들은 너무 한심하다. 히로시마(広島)의 고등사범학교를 나왔다고 하는 남자는, 어제 교사가 칠판에 쓴 프랑스의 시인 '보들레르'의 이름을, '바우데레아'라고 독일어 식으로 읽으며 득의양양해 하고 있었다. 또 다른 남자는 나가타 박사의 질문에, 『몬나반나(Monna Vanna)』는 모리스 마테를링크(Maurice Maeterlinck)의 소설이라고 대답했다. 나는 녀석들 전체를 경멸한다. 고등학교에 시절에는, 교실이나 기숙사 모두가 문예 지상주의로 일관되어 있었다. 예술이란 이름에 의해 모든 것이 허락되었다. 예술이란 이름으로 학과나 교실을 무시할 수가 있었다. 그런데 여기 문과 교실의 공기는 극도로 산문적(散文的)[11]이다. 단 한 사람도 예술에 관한 이야기를 하는 녀석은 없다. 고등학교 출신자들은 대개 병약해서 문과를 선택했던가, 철학과에서 1년

---

11) 산문적(散文的) : 시정(詩情)이 부족한 모양. 몰취미하고 재미가 없는 모양. 평범함.

낙제하여 문과로 전과했던가 하는 녀석들이 대부분이다. 고등사범학교 출신자 중에도, 입학 자격이 있어서 그들은 학사 학위를 얻기 위해 정성껏 노트를 만들고 있는 것에 지나지 않는다. 문과적으로 자유롭고 청신한 공기는 교실 어디에도 존재하지 않았다. 이런 패거리들을 앞에 두고, 문학이 어쨌다느니, 예술이 어쨌다느니 라고 말하는 나카타 박사는 정말 돼지 목에 진주12)와 같은 존재인 것이다. 나는 박사가 딱하고 안쓰러웠다.

11월 5일.

나는 오늘 우연히 같은 반의 사타케(佐竹)라고 하는 남자와 이야기를 했다. 나는 지금까지 같은 반의 녀석들을 완전

---

12) 豚(ぶた)に真珠(しんじゅ) : 돼지 목에 진주. 개발에 편자. 돼지에게 진주를 주어도 의미가 없다. 가치를 모르는 자에게 귀중한 것을 주어도 아무런 도움이 안 되는 것의 비유. 신약성서에서 유래하는 서양 속담이다.「聖(せい)なるものを犬(いぬ)にやるな。また真珠(しんじゅ)を豚(ぶた)に投(な)げてやるな。恐(おそ)らく彼(かれ)らはそれらを足(あし)で踏(ふ)みつけ、向(む)きなおってあなたがたにかみついてくるであろう。」[口語訳 / マタイによる福音書 7:6](거룩한 것을 개에게 주지 마라. 또 진주를 돼지에게 던져주지 마라. 아마 그것들은 그것을 발로 짓밟고, 돌아서서 너희에게 달려들어 물으러 올 것이다.) [마태복음 7:6]

히 경멸하고 있었지만, 그 남자만은 결코 내가 경멸할 만한 가치가 없다는 것을 알았다. 무심결에 내가 창작 이야기를 꺼내자, 그 남자는 갑자기 이런 말을 했다.

사타케 "나도 실은 어제 150매 정도의 단편을 완성했는데 왠지 별로 만족할 만한 성과라고는 생각되지 않아."

라고 자못 침착한 태도로 말했다. 150매의 단편! 그것만으로도 나는 상당히 위압감을 느꼈다. 내가 지금 쓰기 시작한 희곡 『남의 위협』은 3막짜리로 게다가 불과 70매 정도를 예상하고 있다. 더욱이 나는 그것은 상당한 장편이라고 생각하고 있었다. 그런데 이 남자는 150매의 소설을 단편이라고 말 한데다가, 그 이외에도 이런 말을 하는 것이었다.

사타케 "실은 지금 나는 600매 정도의 장편과, 1500매 정도의 장편을 쓰기 시작했어. 600매짜리는, 이미 200매 정도 썼나? 조만간 완성되면 어떤 형식으로든 간에 발표할 생각이야."

말하는 것이 거창한 듯하면서도 정말 침착하다. 자기 역작에 대해 충분한 자신감을 가지고 있으며 결코 나처럼 조바심을 내지 않는다. 나는 이 남자에게 압도됨과 동시에 일종의 믿음직한 면을 느꼈다. 교토에도 이런 진지한 작가가 있는 것이다. 아마 이 남자의 이름은 문예 잡지 등에 6호 활자로라도 나온 적이 없을 것이다. 그러나 이 남자는 묵묵히 장편 창작에 몰두하고 있는 것이다. 이 남자가 쓴 것을 한 줄도 읽지 않았기 때문에, 이 남자의 창작의 질에 관해서는 한 마디도 할 수 없지만, 600매, 1500매라고 하는 양적인 면으로 본다면 이 남자는 어떤 비범함을 지니고 있는 것이 분명하다. 그러나 그 남자는 그 다음에 이런 말을 했다.

사타케 "나는 소설가 하야시다 하야토(林田草人)를 아는데, 그 사람은 내 고향 선배야. 이번에 멀리 이곳 문과에 들어오게 되서, 일부러 상경해서 그 사람을 만나러 가게 되었지. 흔쾌히 만나 준 데다가, 무척 이야기가 활기를 띠어서 말이야. 이야기를 잘 아는 사람이야. 이번에 다 쓴 150매의 소설도, 실은 그 사람에게 보내 놓을 생각이야. 분명 어딘가로 추천해 줄 테니까."

나는 사타케 군을 상당히 존경하기 시작했지만, 이 이야기를 들으니 약간 이 사람이 딱하게 느껴졌다. 그냥 동향 사람으로, 일면식밖에 없는 하야시다 하야토(林田草人)를 의지하여 짐짓 점잖은 척하는 이 사람의 느긋함이 조금 쓸쓸해 보였다. 전혀 무명의 작가인 사타케 군의 150매의 소설을, 하야시다 씨의 소개로 호락호락 떠맡을 잡지가 중앙 문단에 있을까? 또한 문하생도 아무 것도 아닌 사타케 군의 것을, 하야시다 씨가 정성을 쏟아 추천해 줄까? 그 사람은, 투고가로부터 여러 가지 원고를 읽어야만 하는 데에 틀림없이 아주 물려 있을 것이다. 이런 의지할 수 없는 것을 기대해서, 이제 곧 화려한 데뷔를 할 수 있을 것처럼 생각하고 있는 사타케 군의 세상 물정을 모르는 면이, 나는 조금 안타깝게 생각되었다. 실제로 문단에서도 흐리터분한 것으로 유명한 하야시다 씨가, 150매의 장편을 읽어 본다는 것도 생각해 보면 믿을 수 없는 일이다. 사타케 군이 생각하는 것처럼, 모든 것이 그렇게 호락호락 진행되지는 않을 것이라는 생각이 들었다.

12월 29일.

나는 오늘 도쿄의 야마노(山野)로부터, 불쾌하기 그지없는 편지를 받았다. 그것은, 나에게 도전하고, 나를 모욕하고, 내 감정을 엉망진창으로 훼손하려는 악의로 가득 찬 편지였다. 문구는 이러했다.

(어때! 왜 이리 조용한 거야? 교토에도 조금은 문학도와 같은 것이 있나? 우리 이곳에 있는 무리들은 이제 지금까지처럼 그냥 멍하니 외국문학의 책 등을, 만지작거리는 것에 질려버렸다. 우리가 고등학교 시절에 신성시했던 『문학연구』 등도, 생각해 보면 시시한 것이 아닐까? "우리는 직접 창작하지 않으면 거짓이다. 창작은 황금이다. 다른 모든 것은 은이다. 아니, 그 이하인 구리나 납이다. 우리는, 가만히 있기만 해서는 안 되는 것이다. 고등학교 시절처럼 언제까지나 느긋한 태도를 취하고만은 있을 수 없는 것이다. 우리의 계획은, 이미 전부 정해져 있다. 우리는 내년 3월부터 동인잡지를 낼 것이다. 동인(同人)[13] 멤버는, 구와타(桑田), 오카모토(岡本), 스기노(杉野), 가와세(川瀨), 거기에 나, 이 밖에 우리보다 1년 선배인 이노우에(井上) 군, 요시지마(芳島) 군이 참가한다. 잡지 명칭은 아마 『×××』라고 명명될 것이다. 3월 1일에 창

---

13) 동인(同人) : 어떤 일에 뜻을 같이하여 모인 사람.

간호를 낸다. 출판사는 니혼바시(日本橋)의 분코도(文耕堂)이고 지금은 모두 창간호 원고로 바쁘다. 마감은 1월 30일까지다. 그냥, 눈을 크게 뜨고 우리의 활동상을 봐 주게나. 우리는 진짜 여명(黎明)기가 왔다는 생각이 든다.")

마지막까지 다 읽은 나는, 격렬한 질투와 분노를 느꼈고 동시에 내동댕이쳐진 것 같은 깊은 외로움을 느낄 수밖에 없었다.

이 편지 어디에도 자네도 동인이 되어 주지 않겠냐라든가, 자네도 쓰는 것이 좋지 않겠냐라는 등의 문구는 눈곱만큼도 들어 있지 않은 것이다. 모든 것이 야마노의 유희적인 악의에서 나온 편지이다. 동인잡지 발행을 개선(凱旋)하듯 전하고, 고독으로 괴로워하고 있는 나에게 끝까지 상처를 입히려 하는, 그의 질 나쁜 장난이다. 동인에 가입하지 않는 내게는 전혀 필요 없는 창간호의 마감 시일 등을 알려, 나를 초조하게 만들려고 하는 그 녀석의 악의가 분명히 빤히 들여다보인다.

야마노가 예상한 것 그 이상으로 이 편지는 내게 큰 상처를 입혔다. 교토에 오고 나서 아직 반년도 되지 않았는데 나와 도쿄에 두고 온 친구들 사이에, 이렇게 빨리 어떤 간격이 만들어지고 있는 것이 너무 슬퍼서 견딜 수가 없었다. 동인잡지의 출판! 그것은 얼마나 화려한 것일까? 문단에 그 이름을 드날리고 있는 우리 선배인 가와사키(川崎)도, 야베(矢部)도, 쓰지타(辻田)도, 처음에는 잡지 『×××』의 동인으로 파릇파릇하고 싱싱한 이름을, 문단에 인정받아 갔던 것이다. 야마노(山野)나 구와타(桑田)가 인정받을 날도 이제 결코 먼 미래의 이야기가 아니다. 야마노, 구와타는 물론, 천분에 있어서 나와는 별로 차이가 없다고 생각되는 오카모토(岡本)나 가와세(川瀨), 스기노(杉野)마저도, 문단에 진출하는 첫걸음을 분명하게 내딛고 있는 것이다. 그런데 나는 야마노가 편지 속에서 그렇게까지 경멸했던 『문학연구』를 유일한 본령(本領)으로 하여 외돌토리로 버려져 있는 것이다.

나는 야마노와 구와타가 나를 동인에서 제외했다고 하더라도, 나와는 상당히 친교가 있었던 가와세나 스기노까지 아무런 호의를 보여 주지 않고 있는 것을 원망하지 않을 수 없었다.

나는 야마노의 편지를 갈기갈기 찢어버리고, 동시에 절망적인 용기를 불러일으켰다. 그들이 동인잡지에서 화려하게 나선다면, 나는 단독으로 나가 보일 것이다. 그리고 그들의 허를 찔러 깜짝 놀라게 해 주겠다. 그러나 그렇게 결심하고 있는 동안에도, 깊은 쓸쓸함이 바싹바싹 내게 다가오고 있었다. 내게 독자적으로 나갈 힘이 있을까? 나는 내 자신의 천분이 그 정도까지 믿을만한 것인가? 내가 야마노나 구와타 등에게 반감을 가지고 그들을 멀리하면 멀리할수록 문단에 나갈 기회가 멀어져 가는 것은 아닐까? 이번에도 스기노에게라도 울며 매달려서, 동인에 참가시켜 달라고 부탁하는 쪽이 나로서는 유리한 계책이 아닐까? 하지만 나를 완전히 업신여기고 있는 야마노는 "도미이(富井) 같은 녀석이 동인이 된다고 하면, 나는 빠지는 게 좋을 것 같다."라며 독설을 내뱉을 게 뻔하다. 그렇게 되면, 오히려 망신을 당하러 나가는 꼴이 될지도 모른다. 나는 역시 독립적으로 해 보는 게 좋을 것 같다. 『밤의 위협』을 다 완성하면 곧바로 나카타 선생님에게 봐 달라고 부탁하는 것이다. 그들이 동인잡지 등에서 발버둥이고 있는 동안 내 작품은 일약 상당히 유명한 문학잡지에 소개된다. 그러한 것들을 생각하고 있자니, 편지를 읽었을 때 받았던 속상함이 조금은 치유되어 가는 듯한 기분이 들었다.

그때 갑자기 요시노 군이 찾아왔다. 나는 당장 도쿄에 있는 패거리가 동인잡지를 낼 것이라는 이야기를 했다. 내 어조는 정말이지 평정심을 잃고 있었다. 그러나 요시노 군은 여느 때와 똑같이 『아사히(朝日)』를 유연하게 피우면서, "뭐라고? 자네, 동인잡지 같은 데에는, 아무리 써도 별 소용이 없는 법이야. 역시 큰 잡지에 쓰지 않으면 안 돼. 그냥 구와타 군 등이 하고 싶은 대로 내버려 두라고. 나는 동인잡지 등에서 소동을 피우지 않고 좋은 것이 만들어지면 『문학세계』 같은 데에 가지고 갈 거야. 옛 인연으로 싫다고 말하지는 않을 테니."

나는, 요시노 군이 동인잡지를 폄훼하는 소리를 듣고 다소 안심이 되었다. 그리고 마음속에서 야마노 등의 『×××』가 하루라도 빨리 폐간되기를 기원했다. 그리고 『×××』가 되도록 문단으로부터 주목받지 않게 되기를 기원했다. 참으로 나는 내 모든 인격을 동원하여 동인잡지 『×××』를 저주하고 있었던 것이었다.

1월 30일.

나는 오늘 밤에 처음으로 나카타 박사님의 자택을 방문했다. 나는 감격에 가득 차 있었다. 그러나 생각해 보면 감격했던 내 쪽이 바보였다. 나카타 박사님 쪽에서 보면 그냥 학생 하나가 방문한 것에 지나지 않는 것이다.

나는 인사를 마치자마자 내 각본을 꺼냈다.

도미이(富井)[14]) "꼭 한 번 봐 주십시오. 완성도는 그다지 안 좋습니다만, 처녀작이니까요."

"과연" 박사님은 얼굴 근육을 하나도 움직이지 않고 말했다. 그리고 잠깐 두서너 장을 넘겨보고 나서 일간 읽어 보겠다는 말을 조용히 덧붙였다. 내가 야마노 등의 동인잡지에 대항하기 위해 필사적인 노력을 쏟은 역작을 박사는 아무런 감격도 없이 내 손으로부터 넘겨받았다. 나는 그것이 몹시 쓸쓸하고 섭섭했다.

도미이(富井) "괜찮으시면, 어디 잡지에 소개해 주시지 않겠습니까?"

---

14) 도미이(富井) : 이 작품의 주인공 이름이 도미이(富井)라는 것은 작품 말미에 등장한다.

라는 말 따위 입 밖에 낼 용기조차 없었다. 나는, 대화 없는 침묵을 참지 못하여 돌아가려고 했다. 그리고 그때,

도미이(富井) "영국 시대극의 연구에는 어떤 참고서가 좋을까요?"

나는 박사에게 물었다. 그러자 박사는 말이 떨어지자마자,

나카타 박사 "마리오 보르사(Mario Borsa)가 좋을 겁니다."

라고 대답했다. 나는 그 이야기를 듣고 다소 낙담했다. 마리오 보르사는 내가 고등학교 시절에 읽은 책이다. 그냥 입문서에 지나지 않는 책이다.

나는 박사가 시에 열성적이지만 희곡에는 냉담하다는 소문을 몇 번이나 들었는지 모른다. 그러나 이 정도로 희곡에 냉담하리라고는 생각지도 못했다. 나는 『밤의 위협』이 박사로부터 받을 대우에 대해 참으로 불안해지고 말았다.

2월 20일.

나카타 박사는, 교실에서 종종 얼굴을 마주치지만 내 희곡에 관해서는 아무 말도 하지 않는다. 또 박사는 강의 시간

에 입센의 『유령』을 호되게 매도했다. 내 희곡은 사실 『유령』에서 힌트를 얻은 것이라서, 입센에 대한 박사의 매도는 나에게 상당한 상처를 안겨주었다. 박사는 아마 그것을 일부러 하지는 않았을 테지만 여하튼 나는, 불쾌했다.

사타케(佐竹)를 만났다. 그 녀석은 하야시다 하야토(林田草人)에게 보낸 소설에 관해 아무 말도 없어서 매우 기분이 상해있는 것 같다. 하지만 그 녀석이 자기 소설이 금방 하야시다의 호의 있는 추천을 받으리라는 생각은, 그의 무지에서 나온 자만이다.

3월 5일.

드디어 동인잡지 『×××』가 나왔다. 아니나 다를까 내게도 한 부 보내왔다. 내가 그것을 펼쳤을 때, 지금까지 없었던 불쾌한 압박을 느꼈다. 그것은 야마노에게서 받았던 그것보다도 더 불쾌하고, 게다가 현실적인 것이었다. 동인(同人)의 연명을 보았을 때, 나는 결국 녀석들로부터 내버려졌구나 하고 생각했다. 나는 얼마나 질투심에 불타올랐을까? 나보다도 천부에 있어서는 뒤떨어져 있다고 생각했던 오카모토 같은 녀석들까지 나보다 갑자기 위대해진 것 같다는 생각에 견딜 수가 없다.

  나는 권두에 실린 야마노의 소설 『얼굴』을 떨리는 마음으로 읽어나갔다. 나는 그것이 완성도가 형편없는 시시한 작품으로, 전부 그의 실패일 것을 기원하면서 읽었다. 그러나 그 아주 조금의 빈틈도 없는, 정리된 글의 첫머리에 나는 먼저 기가 죽어 버렸다. 특히 한 구 한 구가 거미줄처럼 찰기가 있고, 게다가 광택이 있는 문장이, 야마노 유파의 이색적인 사상을 쭉쭉 표현해 나가는 부분에서, 나는 그 녀석에 대해 더욱더 강한 반감을 느끼고 동시에 그 녀석의 매력적인 필치로 인해, 머리를 꽉 짓눌리고 말았다. 특히 『얼굴』의 주제는 현 문단에는 한 번도 나타나지 않았던 기발하면서도 심각성이 있는 철학이었다. 만일 『얼굴』이 야마노, 아니, 내 친구의 작품이 아니었다면, 나는 얼마나 놀라고 기뻐했을까? 그것이 내 경쟁자이자 나를 짓밟으려고 하는 야마노의 작품이기에, 나는 전력을 다해 그 작품으로부터 받은 감명을 배척하려고 했다. 하지만, 그것으로부터 연상되는 것은, 야마노가 일약 문단에서 인정받는 것은 아닐까 하는 것이었다. 그렇게 생각하니 그다지 좋은 기분이 들지 않았다. 아마노가 일단 인정받으면, 그 녀석은 나에게 어떤 모욕을 줄지 알 수 없다. 동인잡지를 발행한 것은 야마노에게 전해 받은 그런 뜻뜻미지근한 것이 아니다. 그것을 생각하면 기분이 암담해진다. 하지만 나를 압박한 것은 이 작품만이 아니다. 그다음에 실려 있는 구와타의 소설 『틈입자(闖入者 ; 침입자)』도 혼연(渾然)15)하고 잘 정리된 소품(小品)이다. 그 녀석의 명쾌하고 힘찬 필치를 보았을 때, 나는 구와타에게도 도저히 상대가 안 되리라 생각했다. 그러나 나는 그것을 가능한 한 인정하지 않으려고 노력했다. 하지만 실제로 내 작품 『밤의 위협』을 『얼굴』이나 『틈입자(침입자)』와 비교하면, 작자인 내가 아무리 호의적인 눈으로 보더라도 녀석들의 것이 월등히 좋다. 그것을 생각하면 조금 절망적인 느낌이 든다. 하지만 야마노나 구와타의 작품이 좋을 뿐만 아니라, 스기노나 오카모토의 그것도 상당히 잘 짜인 성과물이다. 나는 스기노나 오카모토 등이 가진 소질을 나 이하의 것으로 어림잡고 간신히 안심해왔었는데 그 안심이 아무래도 근저에서부터 요동치기 시작한 것 같다. 나는 잡지 『×××』를 손에 쥔 채, 오후 3시경부터 7시경까지 저녁도 먹지 않고 멍하

---

15) 혼연(渾然) : 다른 것이 조금도 섞이지 않은 모양.

니 생각에 잠겨있었다. 그러자 거기에 불쑥 요시노 군이 찾아왔다. 나는 이때만큼 요시노 군을 믿음직스럽다고 생각한 적은 없다. 나는 요시노 군과 함께 『×××』의 욕을 하고 싶었기 때문이다. 요시노 군도 아마, 같은 목적으로 나를 방문한 것인지도 몰랐다.

요시노 "이봐! 자네도 『×××』를 읽었나? 나도 오늘 아침 책방에서 샀어. 의외로 좋은 것은 없던데."

요시노 군은 자리에 앉자마자 거기에 떨어져 있던 『×××』를 만지작거리며 이야기를 꺼냈다. 나는 요시노 군의 총괄적으로 깎아내리는 방식이 꽤 마음에 들었다. 그러나 나는 "맞아"라고도 맞장구를 칠 수도 없었다. 실제 나는 어느 작품이라 할 것 없이 감탄하고 있었기 때문에 나는 조심스럽게 물었다.

도미이(富井) "야마노의 『얼굴』은 어때?"

요시노 "경쾌하고 교묘해. 그러나 그런 것은 누구라도 쓸 수 있지 않나? 적어도 도쿄에서 자란 사람이라면 쓸 수 있어."

도쿄 토박이인 요시노 군은 의기양양하게 말했다. 내 양심은 요시노 군이 말하고 있는 것의 정반대였다. 하지만, 내 감정은 요시노 군의 말에 전폭적으로 찬동하고 있었다.

요시노 "구와타의 『틈입자(침입자)』도 별로 좋지 않던데. 진부해! 자연주의에서 한발자국도 나와 있지 않다고."

나는 점점 마음이 든든해졌다. 나는 오늘만큼 요시노 군을 존경한 적은 없었다. 요시노 군은 마지막으로 이런 말을 덧붙였다.

요시노 "요컨대 고등학교 잡지에, 조금 터럭이 난 정도의 것이랄까? 그것으로 문단에 나가려고 생각하는 것은, 조금 너무 뻔뻔스러운 거 아닌가? 역시, 동인잡지 같은 데에 아무리 써봐야 소용없어. 상당한 위치에 있는 잡지에서 발표하지 않으면 안 돼."

요시노 군은 마지막으로 자기의 지론을 되풀이했다. 나는, 요시노 군의 신랄한 비평을 듣고, 마치 구원을 받은 듯한 기분이 들었다.

그러나 요시노 군이 돌아가 버리자 나에게는 다시 쓸쓸

한 생각이 엄습했다. 그것을 보니, 요시노 군에게 호되게 비판받았던 잡지 『×××』가 램프가 어두운 빛 속에 내팽개쳐 있었다. 나는 창작이 황금이라고 한 야마노의 말을 생각해 냈다. 그리고 설령 작은 잡지라도 활자로 되어 있는 이상은 그것은 이미 훌륭하게 완성된 표현 형식이다. 그것은 문단에서 인정받을 충분한 기회를 갖추고 있었다. 특히 문과 대학생의 동인잡지로서 문단 일각에 얼마나 신선한 감흥을 느끼게 하고 있는지는 알 수 없었다. 나는 무명작가들이 문단의 인기 있는 작가의 욕으로 실컷 언쟁하며 자기들이 인정받지 못하는 것에 대한 화풀이를 하는 경우를 생각할 수 있었다. 나와 요시노 군의 대화도 거의 그것에 가까웠다. 그것은 약자의 작은 반항에 지나지 않았다. 그렇게 생각하기 시작하니, 다시 공허한 느낌이 엄습해왔다. 그건 그렇고, 나카타 박사는 내 『밤의 위협』을 언제까지 내버려 둘 셈일까? 나는 박사의 무관심에 대해 가벼운 반감을 품지 않고는 견딜 수가 없었다.

3월 10일.

나는 오늘 학교에서 사타케 군을 만났을 때 이렇게 물었다.

도미이(富井) "이봐, 자네의 장편소설은 어떻게 되었어?"

그러자 그 남자의 어두운 얼굴이 조금 밝아지면서 의기양양하게 말했다.

사타케 "450매 정도 썼나? 이제 150매만 쓰면 돼. 요즘 창작열이 아주 왕성해져서. 매일 밤 30매를 거른 적이 없어."

도미이(富井) "어떻게 됐어? 하야시다에게 보낸 소설은?"

이렇게 묻자 그 남자의 안색이 갑자기 어두워졌다.

사타케 "되돌려 주더라고. 잡지에는 너무 길다고 하데. 하잘 것없는 단편만 싣는다네? 나참 도대체 어떻게 하라는 건지. 그래서 일본에 묵직한 장편이 안 나오는 거야."

그러나 나는 사타케의 소설이 반송될 것을 예상했었기에 조금도 놀라지 않았다. 그리고 150매의 장편, 그것도 무명작가의 것이 그렇게 쉽게 소개되어서야 되겠는가, 하는 생각이 들었다. 하지만 이 사람의 왕성한 창작열에는 늘 변함없이 경의를 표한다. 언젠가 그 남자의 방을 방문했을 때, 실제로 그 남자는, 이미 300매나 된다는 초고를 내게 보여 주었다. 그리고 소년 시절부터 죽 써 두었다는 세자 높이에 가까운 원고를 내 앞에 쌓아 올렸다.

사타케 "100매 정도의 것이라면, 7개 8개 정도 있어요. 이 중에서 가장 긴 것은 500매짜리 장편으로, 내 소년 시절의 첫사랑을 다룬 것이에요. 유치해서 도저히 발표할 생각은 들지 않지만요. 하, 하, 하."

나는 그 사람이 원고를 많이 쓰는 것에 감탄했고, 동시에 그 느긋함에도 감탄했다. 발표할 생각이 들지 않는다며, 만일 발표할 생각만 들면 금방이라도 출판 서점이라도 찾을 수 있다는 느긋한 생각을 하고 있는 것이다. 나는 그 남자처럼 발표라던가 문단에 나가는 것에 관해 조금의 걱정도 없는 심리상태가 상당히 이상하게 생각된다. 그 남자는 그냥 쓰고 있을 수만 있다면 그것으로 만족하고 계시는 것일까?

3월 15일.

잡지 『×××』의 평판이 근사하고 좋다. 특히 야마노의 『얼굴』의 평판이 좋다. 나는 되도록 신문의 문예란을 보지 않으려고 했다. 『×××』가 좋은 평판을 받는 것이 아니꼽기 때문이다. 그러나 왠지 모르게 『×××』의 평판이 신경에 쓰여 어쩔 수가 없다. 나는 고백하건대, 벌써 3일 정도를 계속해서 도서관에 다녔다. 살며시 『×××』의 평판을 읽기 위해서이다. 최초로 I 신문이, 6호 활자이었지만 잡지 『×××』의 창간을 축복했다. 그리고 야마노의 『얼굴』을 특히 격찬했다. 그러나 그것뿐만이 아니었다. 그러고 나서 3일 정도 지났을 때 T신문의 문예란에서 비평가 H씨(氏)가 야마노의 『얼굴』을 격찬했다. 나는 그것을 읽고 마음속에서 치밀어 오르는 질투를 어떻게 할 수 없었다. 결국, 그 녀석에게 짓밟혔다고 생각했다. 나는 최근 이삼 년 동안 우려했었던 운명이 이미 적확하게 실현된 것 같은 생각이 들었다. 야마노나 구와타가 문단의 인기작가로서 떠받들어지고 내가 무명작가로 영구히 매장되는 것, 그것은 이미 『×××』의 발행으로 이렇게나 빨리 실현의 첫 단계에 도달한 것이다.

나는 야마노의 천부의 힘에 어떻게 대항하려고 하는 것

일까? 야마노의 천분이 인정받는다는 사실이 당연하면 당연할수록, 내 반항은 무의미하고 또한 허무하게 느껴졌다. 나는 이제 눈을 감고, 그 녀석이 화려하게 진출하는 것을 참을 수밖에, 달리 어떤 방법이 없는 것이다. 그냥 그 녀석에게 대항하는 유일한 방법은, 내가 그 녀석과 동시에 문단에 나가는 것이었다. 그렇게 생각하고 나는, 다시 내 창작물인 『밤의 위협』을 떠올렸다. 그것은 너무나도 믿음을 주지 못하는 것임이 틀림없었다. 그러나 문단 수준 이하의 것이라고는 도저히 생각되지 않았다. 나는 오늘 밤 도서관을 나와 곧바로 나카타 박사 집으로 향했다. 『밤의 위협』에 관한 비평을 듣고, 반드시 어딘가의 잡지에 추천을 의뢰해볼 생각이었다. 나카타 박사는 때마침 댁에 계셨다.

나는 박사와 마주한 순간 이렇게 말을 꺼냈다.

도미이(富井) "어떠신가요? 일전에 부탁드렸던 각본은 읽어보셨나요?"

나카타 박사는 '아!' 하며 조금 당혹한 기색을 보였지만 금세 "아, 그게 말이지요. 그만 바빠서 다 읽지 못했는데, 조만간 천천히 읽고 나서 정리된 비평을 하도록 하겠습니다."

라며 여느 때처럼 유연하게 대답했다. 나는 박사가 아직 한 장도 읽지 않았다는 것을 직감했다. 내가 이렇게 초조해하며 노력해서 완성한 작품을, 한 달 반이나 되는 기간동안, 일독도 하지 않고 그냥 방치해 둔 박사를 조금 어이없다는 듯이 쳐다보았다. 하지만 박사에게는 그것이 그다지 부자연스럽지 않은 것처럼 보였고, 곧바로 화제를 바꾸어 이야기를 꺼냈다.

나카타 박사 "프랑스 근대극 중에도 상당히 좋은 작품이 많아요. 근대극이라는 것이 북유럽의 전매처럼 생각하는 것은 좀 곤란해요. 뭐니 뭐니 해도, 연극은 프랑스가 원조이고, 입센 등도 연극론이란 점에서는 분명히 프랑스 연극의 영향을 받고 있으니까요."

나는 프랑스 연극 이야기 따위를 들을 것이라는 마음가짐과는 전혀 동떨어진 곳에 있었다. 나카타 박사의 손안에 있는 내 『밤의 위협』이 도대체 언제가 되면 햇빛을 볼 수 있을까, 그것만을 걱정하고 있었다. 나는 차라리 다시 받아서 돌아갈까도 생각했다. 하지만, 실제로 나카타 박사의 손을 거치지 않고는 문단에 손끝 하나를 내미는 것조차 나로서는 어려운 일이었다.

　나는 어쩔 수 없이 프랑스 연극 이야기를 한 시간 정도 들은 후 박사 집을 나왔다. 나는 이제 완전히 절망하고 있었다. 나카타 박사를 통해 내가 문단에 희망을 품었던 것은 정말 나의 두 번째 오산에 가까웠다. 나는 이제 그냥 지켜보기만 하며 야마노나 구와타의 화려한 출세를 보는 것 이외에 달리 방도가 없을지도 모른다. 집에 돌아온 후 잠시 동안 아무것도 손에 잡히지 않았다. 우연의 기회가 갑자기 생기지 않는 한, 내게는 더이상 아무런 기회도 남아 있지 않은 것 같은 생각이 들었다.

4월 5일.

　『×××』는 제2호를 발행했다. 야마노는 『해후(邂逅)』라는 단편을 발표했다. 나는 다시 그것을 달려들듯 읽었다. 그렇게 가작만이 계속될 리는 없다고 생각했기 때문이다. 그러나 내 안심은 금방 어긋났다. 견실하고 게다가 그윽한 그 녀석의 기교가, 다시 쭉쭉 나를 해치고 말았다. 특히 주제는 전작인 『얼굴』의 그것보다 나으면 낫지 결코 뒤떨어지지 않을 정도의 빛나는 것이었다. 나는 야마노에 대한 반항의 강경한 태도를 누그러뜨릴까 하고도 생각했다. 나의 그 녀석에 대한 반항은, 범인이 천재에 대해 품는 무의미한 반감으로, 전적으로 내 자신의 잘못된 생각이 아닐까 하고 생각을 고쳐먹으려고 했다. 하지만 야마노의 빈정거리는 웃음 띤 얼굴을 떠올리면, 금세 걷잡을 수 없는 질투와 반감이 내 전신을 덮친다. 나는 도저히 그 녀석의 작품에 머리를 숙이려는 생각은 들지 않았던 것이다.

4월 16일.

야마노의 『해후』의 평판이 또 좋다. 특히 문단의 노대가(老大家)16)인 K씨가, 그 녀석의 『해후』를 격찬했다는 소문을 신문에서 읽었을 때 나는 "이제 다 틀렸다." 라고 생각했다. 이미 그 녀석의 명성은 정해졌다. 그 녀석이 불의로 죽지 않는 한, 문단에 인정받는 것은 기정사실이다. 나는 이제 도리가 없다며 체념하기 시작하고 있다. 실제로 내 질투를

---

16) 노대가(老大家) : 나이가 많고 오랜 경험을 쌓아 그 방면에 뛰어난 사람.

제외하고 생각한다면 그 녀석이 인정받는 것은 지당한 일인지도 모른다. 그러나 지당한지 지당하지 않은지는 문제가 아니다. 그냥 그 녀석이 인정받는 것이 불쾌한 것이다. 야마노가 인정받았다면, 구와타의 순서도 결코 그리 멀지는 않다. 오카모토(岡本), 스기노(杉野), 가와세(川瀬) 등도 모두 상당한 데까지 갈 것임에 틀림없다. '단지 혼자 남겨지는 사람', 그것은 아무리 생각해도 내가 될 것만 같다.

나는 오늘 짧막한 원고를 이번에 창간되는 잡지 『군중』에 보냈다. 불과 7매 정도의 소품이다. 나는 이 『군중』의 주간을 맡고 있는 T씨와 딱 한 번 만난 적이 있다. 내 소품(小品)17)이 채택되면, 야마노 등에 대해 약간의 반항을 할 수 있게 되는 것이다.

5월 3일.

나는 오늘 아침, 신문 광고를 보고 이번 달 잡지 『△△△△』의 소설란에 야마노의 소설 『폐인(廃人)』이 실려 있는 것을 보았을 때, 나는 '아!' 하고 놀란 채 잠시 동안 망연자실한

---

17) 소품(小品) : 회화·조각·음악 등에서 규모가 작은 작품.

상태에 빠져 있었다. 나는 철퇴로 맞은 것 같은 타격감을 느끼면서 여전히 내 시각을 의심했다. 아무리 평판이 좋아도, 문단의 중앙에 나아가는 데에는 시간이 필요할 것이라며 우습게 여겼던 것은 내 실수였다. 그 녀석은 나의 그런 예상과 완전히 어긋나고 말았다. 이제, 그 녀석이 유행작가이고 내가 무명작가라는 것은 엄연히 움직일 수 없는 사실이다. 나는 눈부신 것을 보듯 그 광고를 보았다. 야마노 도시오(山野敏夫) —— 라고 하는 3호 활자가 마치 나를 조소하고 있는 것 같이 느껴졌다. 제목 『폐인』은 작가로서 '폐인'에 가까운 나를 모델로 한 것이 아닌가도 생각했다. 그러나 나는 이렇게 반감을 가지고 있는 그 녀석의 작품을, 한시라도 빨리 읽고 싶어지는 것이 이상했다. 야마노의 작품을 읽기 위해 『△△△△』를 사는 것, 다시 말해 그 녀석의 작품을 위해 『△△△△』가 일부라도 많이 팔리는 것은 생각해 보면 조금 불쾌했지만, 그래도 나는 그 녀석의 작품을 읽고 싶어서 견딜 수 없었다.

나는 보고 싶지도 않은 것을 주뼛주뼛 보는 그런 심정으로 그 녀석의 작품을 읽었다. 읽어 보니, 그 녀석의 작품은 내 질투나 경쟁심을 밀어젖히고 나를 죽죽 좇아오느라 야단이다. 나는 분해서 참을 수 없다. 그 녀석에 대한 반감이, 그 녀석의 작품의 역량에 떠밀려서 맥없이 감탄하고 마는 것이다. 그 녀석에게 반감을 갖지 않는 일반 비평가들이 감탄하는 것은 당연한 이야기다. 그것을 생각하면 나는 비참해진다. 『△△△△』를 손에 들면서, 그 녀석에게 완전히 지고 말았다는 것을 분명히 깨달았다.

나는 『△△△△』와 내가 기고한 『군중』을 함께 사 왔다. 내 소품도 편집자의 호의로, 비록 2단이었지만 게재되어 있었다. 그러나 『△△△△』와 『군중』! 그것은 잡지로서의 세력에 있어서 무한대의 격차가 있었다. 나는 야마노가 우연히 『군중』을 손에 들고, 내 작품이라는 것을 알아차렸을 때 '흥' 하고 조롱의 미소를 지을 그 표정까지 또렷이 느껴졌다.

이미 "승부는 났다"라는 생각이 든다. 내 패배는 나 자신에게조차 분명하다. 뭐야! 처음부터 게임이 되지도 않았던 거잖아. 『△△△△』에 게재된 그 녀석 소설의 첫 페이지를 지그시 응시하고 있으니 원통함과 절망의 눈물이 볼을 타고 흘러내렸다. 내가 『△△△△』를 보고 있자 우연히 사타케 군이 찾아왔다. 그리고 다시 여느 때와 마찬가지로 창작 이야기를 시작했다.

사타케 "600매짜리는 그저께 겨우 완성했어. 나는 이번 이삼일 동안 그 때문에 기분이 좋아서 견딜 수 없어. 조금 정양(静養)18)하면 드디어 1500매짜리를 쓰기 시작할 거야. 이쪽이 완성되면 이제 다 된 거나 다름없어."

여전히 힘 있게 말하고 있었는데, 갑자기 사타케 군이 『△△△△』를 보고는,

사타케 "야마노 군의 『폐인』이 실려 있었지. 그거 그렇게 걱정할 만한 것은 아니야. 그냥 생각나는 대로 쓴 것이라구. 예술로서는 오히려 사도(邪道)가 아닐까?"

라고 말했다. 그러나 나는 더 이상 이 남자의 매도(罵倒)로부터 아무런 위안도 느끼지 못했다. 즉흥적인 것뿐이라도 좋다, 예술의 사도라도 좋다. 문단에 인정받는 것이 얼마나 좋은 것인지 몰랐다. 600매의 장편을 끝내고, 1500매의 대작에 착수하고 있는 사타케 군보다도, 30매 정도의 솜씨 있

---

18) 정양(静養) : 몸과 마음을 편하게 하여 피로나 병을 요양(療養)하는 것.

는 단편을 써서 일약 인정받게 된 야마노 쪽이 내게는 얼마나 부러운지 몰랐다.

　나는 그 후 의외의 사실을 깨달았다. 나는 사타케 군에게 넌지시 『군중』을 보여주며 나의 불과 7매 분량의 소품을 가리키자, 그것을 본 사타케 군의 눈동자는 색다른 빛을 띠었다. 그는 내뱉듯이 말했다.

사타케 "이거 뭐야! 이런 단편집이 있었던가!"

사타케 "이 잡지는 도대체 누가 경영하고 있는 거야? 하나도 제대로 된 놈이 쓴 게 없잖아? 구사다 하나코(草田花子)! 아! 이 녀석인가! 이건 자네! 요전에 야마모토(山本)라고 하는 남자와 작품을 서로 칭찬하는가 싶더니 짐승처럼 금방 서로 착 들러붙었던 여자 아닌가? 이런 여자가 소설을 쓰고 있다고?"

　사타케 군은 『군중』의 기고자 모두를 매도했다. 그리고 『군중』이라는 잡지가 저질 잡지이며 거기에 쓰고 있는 자 모두가 대단찮은 녀석들이라고 결론지었다.

나는, 내 불과 7매 정도의 소품이, 이 정도로 사타케 군을 격앙시킨 것에 놀랐다. 이 남자는 잡지 『군중』을 폄훼함으로써 내 작품을 무시하려고 덤벼든 것이다. 그러나 그것은 정반대의 사실을 말해주고 있다. 내 소품이 단 7매라도 활자가 되었다는 것은, 사타케 군에게 결코 유쾌한 일은 아니었던 것이다. 내가 야마노의 작품을 읽고 느꼈던 그런 반감과 초조를, 사타케 군도 역시 느끼고 있었던 것이다. 600매의 장편을 완성하고 당당히 소설의 대도(大道)를 걷고 있을 사타케 군이, 활자가 된 나의 불과 7매의 작품에 압박을 받다니, 생각해 보면 이상한 일이었다.

그러나 나는 내 소품을 무시하려고 했던 사타케 군을 결코 미워할 수 없었다. 나는 야마노보다 천분이 떨어진다는 것을 자각하면서, 여전히 야마노의 출세를 저주하고 있는 것이다. 하물며, 자기 작품에 충분한 자신감을 가지고 있는 사타케 군이, 자기 작품보다 나의 하잘것없는 작품이 먼저 활자로 인쇄된 것을 불쾌하게 생각하는 것은 어쩌면 당연한 일인지도 모른다.

하지만 나는 생각했다. 창작이라고 하는 것이, 어떤 사람들이 생각하고 있는 것처럼 절대적인 것이라면, 왜 사람들은 그냥 창작하는 것만으로 만족할 수 없는 것인가? 사타케 군과 같은 사람은 600매의 장편을 다 쓴 것 그 자체가 충분히 예술적 욕심을 만족시키고 있어야 할 터이다. 그것이 어째서 발표하는 것에 관해 그런 고민이 있는 것일까? 특히 나 같은 사람은 창작이라기보다 먼저 발표라고 하는 것에 관해 번민하고 있다. 진짜 예술 욕심보다도 문단의 명성 같은 것에 사로잡혀 있다. 그러나 사타케 군처럼 장편을 다 쓴 사람도 활자가 된 내 7장의 소품을 보자 평정심을 잃었으니, 내가 야마노 작품이 나오는 것에 혈안이 되는 것이 어쩌면 당연한 일인지도 모른다.

5월 15일.

나는 오늘 오랜만에 야마노의 편지를 받았다. 어차피 나를 조소하고 야유하기 위한 편지일 것이라고 생각했기 때문에 나는 열어보고 싶은 생각이 들지 않았다. 그러나 저녁때가 되어 마침내 열어보니 비교적 친절한 내용의 문면이었다.

야마노 "자네가 알고 있는 대로, 동인잡지 『×××』는 창간 후

비교적 세상의 주목을 끌고 있다. 이제 꾸준히 계속해 나가기만 하면 모두 어느 정도까지 나갈 수 있다는 생각이 든다. 따라서 모두가 흥미를 느끼기 시작하고 있다. 그것은 자네에 관한 일인데, 우리는 자네가 교토에서 외톨토리로 있는 것에 대해 몹시 동정하고 있다. 『×××』 발간 때에도 자네를 꼭 동인에 넣어야 하는데, 자네가 도쿄에 없었고, 피치 못할 여러 사정도 있고 해서, 어쩔 수 없이 자네를 넣을 수가 없었다. 우리는 그것을 대단히 유감스럽게 생각하고 있어. 그러나 요즘은 나도 다른 잡지로부터 원고 의뢰가 들어오고, 구와타도 근간 다른 잡지에 쓸 예정이기 때문에, 『×××』는 자연히 지면에 여유가 생겼다네. 이참에 자네의 작품도 소개할 수 있는 기회가 자주 생기리라 생각해. 그러니 자네, 괜찮은 작품이 있으면 사양하지 말고 기탄없이 보내 주게나. 물론 너무 심한 것은 곤란하지만, 수준 이상의 것이라면 기꺼이 소개하도록 할 테니까."

이 편지를 읽었을 때, 나는 지금까지 야마노에 대해 품고 있었던 질투심나 반감이 부끄럽게조차 느껴졌다. 나는 야마노가 출세해 가는 것을 저주하고 있는 때, 야마노는 나를 위해 호의 있는 배려를 잊지 않고 있었던 것이다. 그들에 대해 고집을 부리고 있는 것보다는 그들에게 접근하여 『×××』에 작품을 발표하는 것이 얼마나 좋은 일인지 알지 못했다. 야마노의 편지를 보았을 때, 지금까지 내게는 막혀 있던 광선이, 처음으로 따뜻하게 내 몸을 감싸는 듯한, 그런 생각이 들었다. 나는 즉시 답장을 썼다. 너무 흥분해서 그 녀석에게 웃음거리가 되는 것은 아닌가 하고 생각될 정도로 흥분과 감격에 가득 찬 편지를 썼다. 그리고 곧바로 작품을 보낼 뜻을 덧붙였다. 내 편지에는 분명히 초라한 애원조가 섞여 있었다. 나는 내 태도 속에서, 정복당한 약자가 강자에게 아첨하고 있는, 그런 비열한 태도를 느끼고 있었다. 지금까지 극단적으로 저주하고 있던 그의 화려한 데뷔에 대해서조차 칭찬의 말을 늘어놓았다. 그러나 내게는 그것을 경멸하려다가 그만둘 수 있을 정도의 여유는 없었던 것이다. 야마노의 호의에 매달리는 것이 현재의 나로서는 유일한 기회라고 해도 과언이 아니었다.

  나는 편지를 부치고 나서, 곧바로 나카타 박사를 방문했다. 내 각본인 『밤의 위협』을 받으러 간 것이다. 박사에게 가지고 간 후 벌써 3개월 이상이 되었다. 박사는 이미 오래전에 내 각본 같은 것은 잊어버린 듯, 가끔 내게 말을 거는 일이 있어도 각본에 관해서는 조금도 입 밖에 내지 않았다. 그러나 이번에 야마노에게 작품을 보낸다 하더라도, 가장 잘 정리된 것은 『밤의 위협』이었다. 생각해 보니, 나는 발표에만 정신이 팔려 본질적인 창작에는 너무 느긋하게 생각하고 있었다. 묵묵히, 1500매의 대작에 착수하고 있는 사타케 군에 관해 생각하면 몹시 창피스러운 일이 아닐 수 없다.

나카타 박사는 여느 때처럼 댁에 계셨다. 내가 찾아온 뜻을 말하자,

나카타 박사 "아 참. 맞아. 자네의 각본을 받았었지."

라고 말하면서 일어나서 책장 한구석을 주섬주섬 찾는 것이다. 그리고 아마 내가 가지고 왔을 때의 상태 그대로인 것처럼 보이는 내 각본을 꺼내 주었다. 나는 그래도 『밤의 위협』이라는 제목을 보자, 옛 친우를 만난 것처럼 그리운 생각이 들었다. 내가 최근 삼사 개월 동안 애태우고 있었던 때에도, 내 작품은 나카타 박사의 책장 한구석에서, 유유하게 한가

로운 세월을 보내고 있었던 것이다. "드디어 발표하게 된 건가요? 그거 잘 되었습니다. 활자가 되고 나면 정리하여 비평하도록 하겠습니다."라며 발림 말을 해 주었다. 나는 나카타 박사의, 극도로 무관심한 태도가 오히려 존경스럽게 느껴졌다. 집에 돌아와서 다시 한번 검토한 후에 곧바로 등기우편으로 야마노에게 보냈다.

5월 25일.

야마노에게서 편지가 왔다. 나는 그것을 아무런 감정을 섞지 않고 이 일기에 다시 수록해 두려 한다. 이 편지를 보았을 때의 내 감정을, 이곳에는, 도저히 표현할 수 없기에.

야마노 "우리는 모두, 자네의 『밤의 위협』을 읽었다. 그리고 미리 짠 것처럼 다대한 실망을 느꼈어. 나는 사양하지 않고 말하고 싶다. 그저 남들처럼 발림 말을 해 봤자 소용없으니까. 나는 먼저 그 작품의 주제에 실망했다. 그것은 완전히 어디에선가 가져온 것이 아닌가! 자네 자신, 진짜 자네 자신으로부터 나온 것은 아닐 것이다. 나는 그 주제를 자네가 어디에서 차용했는지를 정확히 지적할 수 있다. 그러나 주제를 빌린 것은 그렇다고 치고, 그 작품 전체에 걸쳐 있는 저급한 감상주의는, 도대체 뭐란 말인가! 자네는 고등학교 1학년 시절부터 사상적으로는 한 걸음도 진보되지 않은 것 같다. 우리는 그때의 사상으로부터 이미 완전히 탈피했다. 나는 자네의 각본에서 아무런 좋은 점도 발견하지 못했다. 그러나 그것은 아마 나 혼자만의 불공평한 평가라고 생각하여, 구와타, 오카모토, 스기노 등에게도 읽혀봤다. 그러나 그들이 자네 작품에 내린 비평의 말을 자네에게 알리는 것은 보류하도록 하겠다. 그것은 너무나도 자네에게 상처를 입힐 우려가 있기 때문이다. 그래서 우리는 대단히 유감스럽지만, 그 작품을 『×××』에 게재하는 것은 보류하기로 결정했다. 자네가 나의 이 고언에 분개하여, 받은 즉시 곧바로, 걸작을 보내 주었으면 좋겠다."

함정이다! 나는 틀림없이 야마노가 친 덫에 걸린 것이다. 그 녀석은 자기의 화려한 성공에 빠져들면서, 그 의식을 더

욱더 고조시키기 위해, 나에게 흠집을 내고 싶어진 것이다. 그 녀석은 구와타 등에게 이렇게 말했을 것이다.

야마노 "어떠한가! 도미이(富井) 녀석, 교토에서 무엇을 하고 있을까? 변함없이 예전과 같이 시시한 각본 나부랭이를 쓰고 있는 게 분명하다. 어떻게 생각해? 『×××』에 실어 주겠다는 둥 꼬드겨서 그 녀석의 작품을 다 같이 한번 시험해 보지 않겠어?"

호인인 스기노나 오카모토 등이 걱정해서 말리면, 그 녀석은 더욱 재미있어 하며 실행에 착수했을 것이다. 그 녀석에게 어울리지 않는 친절한 편지는 이런 동기에서가 아니면 쓸 이유가 없는 것이다. 야마노에 대한 증오, 영구히 타협의 여지가 없는 증오가 전보다도 열 배나 거센 기세로 내 마음속에 치밀어 오르는 것을 느꼈다. 하지만 야마노의 트릭에 걸려 보기 좋게 『밤의 위협』을 득의양양한 마음으로 보낸 나의 나약함을 생각하니, 내 자신의 처지를 불쌍히 여기는 눈물이 양 볼을 적시며 흘러내렸다.

×월 ×일

이제 『×××』가 나오고 나서 2년 반이 된다. 『×××』는 이미 오래전에 폐간되고 말았다. 그러나 야마노나 구와타나 오카모토나 스기노는 작가로서 멋지게 등록을 마치고, 『×××』동인으로서 문단을 활보하고 있다. 특히, 야마노는 한 작품마다 문단을 떠들썩하게 하며, 지금은 확고부동한 지위를 차지하고 있다.

나와 그들의 거리는 이제 절대적으로 넓어지고 말았다. 오히려 이렇게 되니, 더 이상 경쟁심도 질투심도 생기지 않는다. 나는 사람들이 그들을 유행작가로서 입을 모아 칭찬하는 사실을 평정심을 가지고 바라보고 있을 수 있다. 한 사람의 천재(天才)가 태어나기 위해 수많은 범재(凡才)가 괴로워하는 것이 필요하다. 야마노나 구와타 등이 입을모아 칭찬을 받는 이면에는, 나 한 사람 정도의 희생은 오히려 당연한 것인지도 모른다. 하지만 마지막까지 무명작가로서 끝나는 사람이 나 혼자만은 아닐 것이다. 1500매의 장편의 완성여부에 관해서는, 물어보지 않아서 모르겠지만, 사타케 군은 여전히 어두운 얼굴이다. 그렇게 문단에 신진작가가 나올 때마다 극도의 맹렬한 비방을 하고 있었다. 동인잡지를 몹시 헐뜯었던 요시노 군도 변함없이 건재하다. 그러나 그 사람의 창작이 저명한 문예 잡지에 실린 적은 지금까지 한 번도 없다.

문단에서도 운이, 어느 정도까지는 중요하게 작용하고 있는 것이다. 그렇게라도 생각하며 나는, 체념해 가는 것이다. 그러나 나는 이제 문단에 관해 생각하는 것은 그만두겠다. 작가로서의 생활 이외에 보람 있는 생활이 없는 듯 여겼던 나의 미망(迷妄)[19]이다.

나는 요즘 폴 베를렌(Paul-Marie Verlaine)의 전기를 읽고 있는데, 그 데카당[20]의 시인이 만년에 '평범한 사람으로서의 평화스러운 생활'을 통절하게 소망했다는 사실을 알고는 상당히 큰 감동을 받았다. 나처럼 천분이 낮은 사람은 '평범한 사람으로서의 평화스러운 생활'이, 안주할 절호의 땅이다. 학교를 나오면 시골 교사라도 하면서 평화스러운 생활에 들어가는 것이다.

---

19) 미망(迷妄) : 사리에 어두워 갈피를 못 잡고 헤맴. 혹은 그런 상태.
20) 데카당 : [(프랑스어) décadent]. 퇴폐적. 퇴폐주의·유미(唯美)주의적인 예술 이론을 신봉하는 사람.

유행작가! 신진작가! 내가 그런 공허한 명칭에 동경했던 것이 요즘은 조금 창피스럽다. 메이지(明治), 다이쇼(大正) 문단에서 명작으로 남는 작품이이 도대체 얼마나 되냐는 것이다. 나는 언젠가 아나톨 프랑스(Anatole France, Francois Anatole Thibault)의 작품을 읽고 있었는데 거기에서 이런 문구를 발견했다.

(태양의 열이 점점 냉각되면 지구도 따라서 냉각되고, 결국에는 인간이 멸종하고 만다. 그러나 땅속에 사는 지렁이는, 의외로 살아남을 수도 있다. 그러면 윌리엄 셰익스피어(William Shakespeare)의 희곡이나, 미켈란젤로(Michelangelo, Buonarroti)의 조각은 지렁이의 웃음거리가 될지도 모른다.)

이 얼마나 통쾌한 야유인가! 천재의 작품도 언젠가는 지렁이의 웃음거리가 되고 마는 것이다. 하물며 야마노 같은 녀석의 글은, 앞으로 10년도 안 되어 지렁이도 웃지 않는 작품이 될 것이다.

투신자살 구조업 身投げ救助業

그 방면의 책에 의하면, 교토(京都)에도 옛날부터 자살자는 꽤 많았다.

도시는 어느 시대에나 시골보다 생존 경쟁이 치열하다. 생활을 못 이기는 불행이 엄습해오면 단념하고 죽는 자가 많았다. 교토 안팎에 심한 기근 등으로 부모 형제와 헤어지고, 귀여운 처자를 잃은 자는 세상을 비관하고 자살했다. 벼슬에 낙방하여 분을 못 이겨 죽는 것이나, 의리상의 핍박을 받아 죽는 것, 이룰 수 없는 사랑의 절망으로 인해 죽는 것, 하나둘 세어 보면 끝이 없다. 하물며 도쿠가와(德川)시대에는 정사(情死)라고 하여 동시에 두 사람씩 죽는 일조차 있었다.

자살을 하는 데에 가장 간편한 방법은 아마도 투신자살하는 것 같다. 이것은 통계학자의 자살자 표 등을 보지 않아도, 가끔 자살이라는 것을 진지하게 생각했던 사람은 알 수 있는 일이다. 그런데 교토에는 투신자살하기에 좋은 장소가 없었다. 물론 가모가와(鴨川)에서 죽을 수는 없다. 깊은 곳이라야 세자 정도밖에 안 된다. 그래서 오슌 덴베(お俊伝兵衛)[1]는 도리베야마(鳥辺山)에서 죽었다. 대개는 목을 매어서 죽는다. 기차에 치이는 등의 일도 물론 없었다.

그러나 무슨 일이 있어도 투신자살하고자 하는 사람은, 기요미즈의 본당에서 투신자살했다[2]. "기요미즈의 본당에서 뛰었다는 생각으로[3]"라는 문구가 있을 정도이니 사실임에 틀림은 없다. 그러나 아래 골짜기 바위에 부딪혀서 부서진 사체를 보거나, 또 그 소문을 들으면 아무리 모방을 좋아

---

1) 오슌 덴베(お俊伝兵衛) : 조루리(浄瑠璃), 가부키(歌舞伎)에 등장하는 남녀의 인물 이름. 실존하는 정사 사건의 연대나 상세한 것은 불명이지만 교호(享保)[1716 -1736] 경의 고조루리(古浄瑠璃)나 제문에서 다루어졌다고 한다.

2) 「기요미즈(清水)」는, 교토(京都)시(市) 히가시야마(東山)구(区)에 있는 온와산기요미즈데라(音羽山清水寺)를 말하는 것으로, 일본 북법상종(北法相宗)의 총본산. 기요미즈데라(清水寺)에는 높은 벼랑에 내걸어 만들어진 무대가 있고, 그 벼랑에서 뛰어내리면 소원이 성취될 때 다치지 않으며, 만일 죽으면 성불할 수 있다고 전해져, 투신자살하는 자가 끊이지 않았다고 한다.

3) 「清水(きよみず)の舞台(ぶたい)から飛(と)び降(お)りる」: 큰마음을 먹고 결단을 내리는 것. 산의 사면을 밀어낸 듯 만들어진 기요미즈데라(清水寺)의 본당(本堂)[기요미즈(清水)의 무대(舞台)]에서 뛰어내리는 것에 비유해서 말했다.

하는 사람도 망설이게 된다. 반드시 물에 빠져 죽고 싶은 사람은, 오한초에몬(お半長右衛門)⁴⁾처럼, 가쓰라가와(桂川)까지 찾아 가든가, 오사카야마(逢坂山)를 넘어 비와코(琵琶湖)로 나오든가, 사가(嵯峨)의 히로사와노이케(広沢の池)⁵⁾로 가는 것 이외에 달리 방도가 없었다. 그러나 죽기 전의 잠시의 시간에 충분히 향락을 누리고자 하는, 동반자살을 하는 사람들에게는, 이 긴 노정도 그다지 큰 고생은 아니겠지만, 한시라도 빨리 세상을 등지고 싶어 하는 사람들에게는 이십 리나 삼십 리를 걸을 여유도 없었다. 그래서 대개는 목을 맸다. 쇼고인(聖護院)⁶⁾의 숲이나 다다스의 숲(糺の森)⁷⁾ 등에는 메밀잣밤나무의 열매를 줍는 아이들이 공중에 매달린 사체를 보고 놀라는 경우가 많았다.

---

4) 오한초에몬(お半長右衛門) : 처자 오한(お半)과 이웃집 중년 남자 초에몬(長右衛門)의 정사가 주제인 조루리(浄瑠璃) 「가쓰라가와렌리노시가라미(桂川連理柵)」의 통칭.

5) 히로사와노이케(広沢の池) : 교토(京都)시(市) 우쿄(右京)구(区) 사가히로사와(嵯峨広沢)에 있는 연못.

6) 쇼고인(聖護院) : 교토(京都)시(市) 우쿄(右京)구(区)에 있는 혼잔슈겐슈(本山修験宗)의 총본산.

7) 다다스의 숲(糺の森) : 교토(京都)시(市) 우쿄(右京)구(区)의 가모미오야(賀茂御祖) 신사의 숲.

그래도 교토에서는 많은 사람들이 자살을 해왔다. 모든 자유를 빼앗긴 자에게도 자살의 자유만은 남겨져 있다. 감옥에 있는 사람도 자살만은 할 수 있었다. 양손 양발이 묶여 있어도 극도의 극기로 숨을 쉬지 않음으로써 자살만은 할 수 있는 것이다.

여하튼 교토에 좋은 투신자실 장소가 없었던 것은 사실이다. 그러나 사람들은 이 불편을 참고 자살을 해왔다. 적당한 투신자살 장소가 없어서 자살자의 비율이 에도(江戶)나 오사카(大阪) 등에 비해 적다고는 생각되지 않는다.

메이지 시대가 되어, 마키무라(槇村) 교토후(京都府) 지사(知事)가 소수(疏水)[8] 공사를 하여, 비와코(琵琶湖)의 물을 교토로 끌어왔다. 이 공사는 교토 시민에게 좋은 수운(水運)을 마련하여 좋은 수도를 갖춤과 동시에 좋은 투신자살 장소를 제공하게 되었다. 소수(疏水)는 폭 열 간(間)[9] 정도이지만 자살 장소로서는 안성맞춤의 좋은 곳이었다. 어떤 사람도 깊은 바다 밑바닥에 둥둥 떠다니며, 물고기들에게 쿡쿡 쪼이고 있는 자기 시신에 관한 것을 생각하면 그다지 좋은 기

---

8) 소수(疏水) : 발전·급수·운송 등을 위해 만든 수로.
9) 간(間) ; 길이의 단위로 6척(尺) 즉 약 1.818m에 상당한다.

분은 들지 않을 것이다. 설령 죽더라도 적당한 시간에 발견되어 사람들의 애도를 받고 싶은 마음이 있는 것이다. 그러기에는 소수(疏水)가 절호의 장소이다. 게아게(蹴上)에서 니조(二条)를 지나 가모가와(鴨川)의 강가를 따라 후시미(伏見)로 흘러가는데, 모든 곳이 1장(丈)[10]정도의 깊이가 있으며 물이 아름답다. 게다가 양쪽 기슭에 버드나무가 심겨 있고 밤에는 푸르고 짙은 안개의 빛으로 연기를 이룬다. 폰토초(先斗町) 부근의 샤미센(三味線) 소리와 노랫소리가 가모가와(鴨川)를 넘어 들려온다. 뒤에는 히가시야마(東山)가 조용히 가로놓여 있다. 비가 내린 밤 등에는 강의 양쪽 기슭의 푸른 등불과 붉은 등불이 물에 비친다. 자살하는 사람의 마음에 이 아름다운 밤 수로(水路; 물길)의 경치가 일종의 낭만을 불러일으키고 죽는 것이 그다지 무섭다는 생각이 들지 않게 되어, 들뜬 마음으로 뛰어들어 버리는 경우가 많았다.

그러나 몸무게를 직접 받아 수면에 뛰어내리는 순간에는 아무리 각오를 한 자살자도 비명을 지른다. 이것은 본능적으로 삶을 사모하고 죽음을 두려워하는 신음이다. 그러나 이미 어떻게 할 도리가 없다. 물보라를 일으키고 가라앉고

---

10) 장(丈) : 1장은 1자(尺)의 10배로 약 3미터에 해당된다.

난 후 모두 한 번은 떠오르게 된다. 그때에는 살아나려고 하는 본능 외에 아무것도 없다. 잡히는 대로 손으로 물을 붙잡는다. 물을 쳐댄다. 헐떡거린다. 신음한다. 발버둥 친다. 그러는 사이에 점점 약해져서 의식을 잃고 죽어 가는데, 만일 이때 구조하는 사람이 새끼줄이라고 던져넣으면 대개는 그것을 붙잡는다. 이것을 붙잡을 때는 투신하기 전의 각오도, 살아난 후의 후회도 마음속에 떠오르지 않는다. 그냥 살고자 하는 강한 본능이 있을 뿐이다. 자살하는 사람이 구조를 바라고 새끼줄을 붙잡거나 하는 모순을 결코 비웃으면 안 된다.

여하튼 교토에 좋은 투신 장소가 생기고 나서 자살하는 사람들은 대개 소수(疏水)에 몸을 던졌다.

소수에서의 1년 동안의 변사자 수는 많을 때는 100명을 넘은 적도 있다. 소수 유역 중에서 죽기에 가장 좋은 장소는 부토쿠덴(武德殿) 바로 근처에 있는 호젓한 목조 다리이다.

잉클라인(incline)[11] 옆을 빠른 속도로 흘러 내려가는 물살은 여전히 여세를 유지하며 오카자키(岡崎)공원을 돌아

---

11) 잉클라인(incline) : 사면에 레일을 깔고 동력으로 배나 화물 등을 운반하는 장치.

흘러간다. 그리고 공원과 갈라지는 지점에 이 다리가 있다. 오른쪽에는 헤이안진구(平安神宮)의 숲에 조용하고 짙은 안개가 빛나고 있다. 왼쪽에는 적막한 문을 닫은 집이 늘어서 있다. 따라서 사람들의 왕래가 별로 없다. 그러한 이유로 이 다리의 난간에서 뛰어드는 투신자가 많다. 기슭에서 뛰어드는 것보다 다리에서 뛰어드는 쪽이 투신하는 사람의 마음에 잠재하는, 별난 행동을 하여 남을 깜짝 놀라게 하려는 심사를 만족시키는 듯하다.

그런데 이 다리에서 4, 5간(間) 정도 떨어진 하류에 소수에 접해있는 한 채의 오두막집이 있다. 그리고 다리에서 누군가가 몸을 던지면 반드시 이 집에서 으레 키가 작은 노파가 뛰어나온다. 다리에서의 투신이 12시 이전의 경우에는 대개 변함이 없다. 노파는 반드시 장대를 들고 있다. 그리고 그 장대를 신음소리가 나는 곳을 향해 쑥 내민다. 대부분은 손에 느끼는 감촉이 있다. 만일 없는 경우에는 물소리와 신음소리를 뒤쫓아 가면서 몇 번이고 몇 번이고 내밀어본다. 그래도 결국 반응 없이 떠내려가는 경우도 있지만, 대개는 장대에 느낌이 전해진다. 그것을 끌어당길 무렵에는 3정(町)

정도 떨어진 곳에 있는 파출소에 심부름하러 갈 수 있을 정도의 후의(厚意)가 있는 남자가 반드시 구경꾼 속에 섞여 있다. 겨울이면 불을 피우는데 여름에는 비교적 간단해서, 물을 토하게 하고 몸을 닦아 주면 대개는 회복하여 경찰에 가는 경우가 많다. 순사가 두서너 마디 그의 무분별함을 타이르면 더듬거리면서 사죄의 말을 하는 것이 관례였다.

이렇게 인명을 구한 경우에는 한 달쯤 지나 정부에서 상장과 함께 일 엔(一円) 오십 전(五十錢) 정도의 상금이 내려졌다. 노파는 이것을 받으면 먼저 집안에 신을 모셔 놓은 감실(龕室)에 바치고 손을 두세 번 친 다음 우체국에 맡기러 간다.

노파는 제4회 나이코쿠(内国)박람회[12]가 오카자키공원에서 개최되었을 때, 지금 장소에 작은 차를 파는 가게를 열었다. 막과자나 귤을 파는 그리 크지 않은 가게였는데 상당한 소득도 있고 해서 박람회의 건물이 하나씩 철거된 후에도 그대로 장사를 계속했다. 이것이 제4회 박람회의 유일한 기

---

12) 나이코쿠(内国)박람회 : 정확히는 나이코쿠칸교(内国勧業)박람회. 메이지(明治)시대의 일본에서 개최된 박람회이다. 국내 산업 발전을 촉진하고 매력적인 수출 품목 육성을 목적으로 정부 주도로 개최되었다.

념물이라면 그렇다고 할 수 있다. 노파는 죽은 남편이 남긴 딸과 둘이서 지내왔다. 약간의 목돈이 모이게 되자 작은 오두막집이 지금과 같은 조촐한 주거로 발전했다.

처음으로 다리에서 투신자를 보았을 때 노파는 어떻게 할 방법이 없었다. 큰소리로 외쳐도 좀처럼 오는 사람이 없었다. 운 좋게 사람이 올 때는 투신자는 소수의 꽤 거센 물길에 휩쓸려서 이미 행방불명이 된 상태였다. 이런 경우에 노파는 어두운 수면을 응시하면서 조용히 염불을 외었다. 그러나 이렇게 노파가 보고 들은 자살자는 한두 사람이 아니었다. 두 달에 한 번, 많을 때는 한 달에 두 번이나 노파는 자살자의 비명을 들었다. 그것은 지옥에 있는 망자의 신음 소리 같았고 마음 약한 노파에게는 도저히 견딜 수 없는 일이었다. 마침내 노파는 직접 자기가 구해보기로 했다. 엄청난 용기와 궁리로 노파가 빨래 말리는 장대를 이용하여 구한 사람은 23세의 남자였다. 주인의 돈을 오십 엔 정도 횡령하여 죄송해서 죽으려 한 소심한 자였다. 순사가 무분별함을 타이르자 이 남자는 마음을 고쳐먹고 일을 하겠다고 말했다. 그 후 한 달쯤 지나 그녀는 후초(府庁)[13]에 불려가

포상금을 받게 되었다. 그 당시의 일 엔(一円) 오십 센(五十錢)은 노파에게는 거금이었다. 그녀는 곰곰이 생각한 끝에 그 무렵 조금씩 번성해지기 시작한 우체국 저금에 돈을 맡겼다.

 그 뒤로도 노파는 열심히 사람을 구했다. 그리고 구하는 방식이 점점 좋아졌다. 물소리와 비명을 들으면 노파는 급하게 몸을 일으켜 뒤쪽으로 뛰어나갔다. 그곳에 기대어 세워 둔 장대를 집어 들고 어부가 미늘창으로 잉어라도 찌를 듯한 자세로 수면을 노려보고 서서 발버둥 치고 있는 자살자 앞에 능숙한 솜씨로 장대를 내밀었다. 장대가 눈앞에 왔을 때 매달리지 않은 투신자는 한 사람도 없다고 해도 과언이 아니었다. 그것을 노파는 힘껏 끌어당겼다. 지나가는 남자가 도와주거나 할 때는 노파는 기분이 상했다. 자기 특권을 침해당한 기분이 들었기 때문이다. 노파는 이렇게 43세부터 58세가 된 지금까지 오십여 명의 인명을 구했다. 따라서 포상 절차 등도 무척 간단해져 일주일 만에 돈이 나오게 되었다. 관청 관리는 "할머니가 또 해냈네."라며 웃으면서

---

13) 후초(府庁) : 일본의 지역 명칭인 '후(府)'를 관할하는 관청으로 교토(京都) 후초(府庁)·오사카(大阪)후초(府庁)를 가리킨다.

돈을 건넸다. 노파도 처음 때와는 다르게, 별 감격도 없이, 찻집 손님으로부터 다이후쿠(大福)14)의 대금을 받듯 "대단히 고맙습니다."라고 말하면서 받았다. 세상의 경기가 좋아서 두 달이나 세 달 동안이나 투신자가 없을 때, 노파는 왠지 모르게 무언가가 불만스럽게 느껴졌다. 딸이 유카타(浴衣)15) 천을 사 달라고 조르거나 할 때도, 노파는 다음에 1엔 50전을 받으면 사 주겠다고 말했다. 그때는 6월 말경으로 여느 때라면 투신자가 많을 시기였는데, 어찌된 영문인지 뛰어드는 사람이 별로 없었다. 노파는 매일 밤 딸과 같은 곳에 누워서 귀를 기울이고 듣고 있었다. 그렇게 12시경이나 되어야 이제 틀렸다고 생각하고 "오늘 밤도 글렀군." 하며 눈을 감는 적도 있었다.

노파는 투신자를 구하는 것을 대단히 좋은 일이라고 생각하고 있었다. 그래서 자주 가게 손님 등과 이야기할 때에도 "제가 이래 뵈도 사람 목숨을 꽤 구했으니 극락에 갈 수 있을 거예요."라고 말하곤 했다. 물론 그것을 어느 누구도 부정하지는 않았다.

---

14) 다이후쿠(大福) : 팥으로 만든 소를 떡으로 싼 일본식 과자의 일종.
15) 유카타(浴衣) : 목욕을 한 뒤 혹은 여름철에 입는 무명 홑옷.

그러나 노파에게는 단 하나의 불만이 있었다. 그것은 살려준 사람들이 별로 노파에게 고맙다는 인사를 하지 않는 것이었다. 순사 앞에서는 머리를 숙이지만, 노파에게 정중하게 고맙다는 인사를 하는 사람은 거의 없었다. 하물며 후일 다시 인사를 하러 오는 사람 등은 한 사람도 없었다. "기껏 살려 주었더니 참 매몰찬 사람들이네."라며 노파는 서운한 마음을 감출 수 없었다. 어느 날 밤 노파는 18세가 되는 처자를 구한 적이 있다. 그 처자는 정신이 들어 살아났다는 것을 알자 절망적으로 요란하게 울어댔다. 가까스로 순사가 달래어 경찰서에 동행하기 위해 다리를 건너려고 할 때, 처자는 순사의 허점을 노려 다시 물속으로 몸을 날렸다. 그러나 처자는 신기하게도 다시 노파가 내미는 장대에 매달려 살아났다.

노파는 다시 순사에 끌려가는 처자의 뒷모습을 보면서 "몇 번 뛰어들어도 역시 살고 싶을 거야."라고 말했다.

노파는 60세 가까이가 되어서도 물소리와 비명을 들으면 반드시 장대를 내밀었다. 그리고 역시 그 장대에 매달리는 것을 거부하는 자살자는 한 사람도 없었다. 살고 싶으니까 매달리는 거라고 노파는 생각했다. 살아나고 싶은 사람을 구하는 것이니 이만큼 좋은 일은 없다고 노파는 생각하고 있었다.

올봄이 되어 노파의 십수 년 동안의 안정된 생활에 하나의 위기가 찾아왔다. 그것은 21세가 되는 딸의 신상에 관한 문제였다. 딸은 다소 품위 없는 얼굴 생김새였지만 살갗이 희고 애교가 많았다.

노파는 먼 일가에 해당하는 친척의 둘째 사내가 징병에서 돌아오면 양자로 받아 저금해둔 삼백 엔 남짓을 자본으로 가게를 크게 차릴 생각이었다. 이것이 노파의 소망이자 낙이었다.

그런데 딸은 어머니의 소망을 완벽하게 배반하고 말았다. 그녀는 구마노(熊野)거리 니조(二条) 아래에 있는 구마노자(熊野座)라는 작은 임시 건물에서 올 2월부터 계속하고 있는 지방 순회 극단의 배우 아라시센타로(嵐扇太郎)와 그렇고 그런 관계에 빠지고 말았다. 센타로(扇太郎)는 교묘하게 딸을 부추겨서 어머니의 저금통장을 가지고 나오게 해서 우체국에서 돈을 인출하여 딸을 데리고 어디론가 도망쳐버린 것이다.

노파에게는 경악과 절망 이외에 아무것도 남아 있지 않았다. 단지 가게에 있는 5엔도 되지 않는 상품과 약간의 의류밖에 없었다. 그래도 지금처럼 찻집을 계속해 나가면 살아갈 수는 있었다. 그러나 그녀에게는 이제 아무런 소망도 없어 보였다.

　두 달이나 딸의 소식을 기다렸지만 허사였다. 그녀에게는 더 이상 살아갈 힘이 없어졌다. 그녀는 죽음을 생각했다. 며칠 밤 며칠 밤을 생각한 끝에 투신을 마음먹었다. 그리고 참을 수 없는 절망적인 기분에서 벗어나 딸에게 본때를 보여주려는 생각이었다. 투신 장소는 오래 살아 정들었던 집 근처의 다리를 선택했다. 저기에서 투신하면 더 이상 아무도 방해할 사람은 없을 거라고 노파는 생각했던 것이다.

　노파는 어느 날 밤 그 다리 위에 섰다. 자기가 구한 자살자의 얼굴이 계속해서 머리에 떠올랐다. 게다가 모두가 조금 묘한, 빈정거리는 듯한 웃음을 얼굴에 띠우고 있는 것 같았다. 그러나 많은 자살자를 봐왔던 덕에, 자살이라는 것이 늘 일어나는 상투적인 일이라 생각되어 대단한 공포감도 느껴지지 않았다. 노파는 비틀거리며 난간에서 떨어지듯 몸을 내던졌다.

그녀가 문득 제정신을 차렸을 때 그녀 주위에는 순사와 구경꾼이 서 있었다. 이것은 언제나 그녀가 만드는 무리와 같았는데, 다만 그녀가 취할 위치가 바뀐 것뿐이었다. 구경꾼 중에는 순사 옆에 항상 있는 노파가 없는 것을 이상하게 생각하는 사람도 있었다.

노파는 창피스럽기도 하고 화딱지가 나기도 하여 이루 형언할 수 없는 불쾌한 생각을 가지고 주위를 살펴보았다. 그런데 순사 옆에 항상 자기가 서 있어야 할 위치에 피부색이 검은 40대 남자가 서 있었다. 노파는 그 남자가 자기를 구했다는 것을 알아차렸을 때 그녀는 꽉 움켜잡고 싶을 정도로 그 남자를 원망했다. 기분 좋게 잠이 들려고 하는 것을 두드려 깨운 것 같은 속상하고 격렬한 분노가 노파의 가슴 속에 가득 차올랐다.

남자는 그런 것을 전혀 눈치채지 못한 듯, "조금만 늦었으면 죽을 뻔했습니다."라고 순사에게 이야기하고 있다. 그것은 노파가 몇 번이나 순사에게 했던 말이었다. 그 안에는 사람의 목숨을 구했다는 의기양양한 모습이 역력히 넘쳐흐르고 있었다.

노파는 자신의 늙은 피부가 구경꾼들에게 노골적으로 보

이는 것을 알아차리고는 당황하여 앞섶을 여몄지만, 가슴속은 타오를 듯한 분노와 원망이 가득했다. 안면이 있는 순사는 "구하는 쪽인 당신이 직접 투신하면 곤란하지."란다. 노파는 그것을 귓전으로 도망치듯이 자기 집으로 뛰어 들어갔다. 순사는 나중에 들어와서 노파의 무분별함을 타일렀는데 그것은 이미 몇십 번이나 들어서 질려버린 말이었다. 그때 문득 정신을 차려 보니 열린 안문으로부터 바로 그 40대 남자를 비롯한 많은 구경꾼들이 신기한 듯 쳐다보고 있었다. 노파는 미친 듯이 달려가 거세게 문을 닫았다.

노파는 그 후 외롭고 무력하게 살고 있다. 그녀는 자살할 힘도 없어지고 말았다. 딸은 돌아올 것 같지도 않다. 정신을 잃을 정도로 울적한 나날이 계속된다.

노파 집의 뒷문에는 아직 그 긴 빨래 말리는 장대가 기대어 세워져 있다. 그러나 그 다리에서 뛰어드는 자살자가 살아났다는 소문은 더 이상 들리지 않았다.

와카스키재판장若杉裁判長

△△△지방재판소의 형사부 재판장을 하고 있는 판사 와카스기 고조(若杉浩三) 씨는 젊을 때 상당히 경건한 크리스천이었습니다.

그런데 보통 크리스천 청년이 사회에 나가면 기억이 싹 사라진 듯 어느날 갑자기 크리스천이 아니게 되는 것처럼, 와카스기(若杉) 씨도 어느 순간엔가 청년 시절의 신앙을 어디에 두고 왔는지 기억이 나질 않습니다. 그것은 대학 시절에 쓰던 많은 노트 안에 두고 온 것인지, 그렇지 않으면 사법관시보(司法官試補)[1] 시절 엄청나게 혹사당했던 어느 지방구재판소(區裁判所)[2]의 사무실 벤치에 두고 온 건지 모르겠

---

1) 사법관시보(司法官試補) : 구제도에서 판사나 검사가 되기 위해 재판소 또는 검찰국에 배속되어 실무 능력 습득에 임했던 자. 판사시보(判事試補)와 검사시보(檢事試補)의 총칭. 현재의 사법 수습생에 해당한다.

2) 구재판소(區裁判所) : 제2차 세계대전 이전의 일본에서 경미한 민사·형사사건의 제1심을 행한 재판소. 당초에는 1881년에 설치되어 치안

습니다.

그러나 지금은 와카스기 씨는 절대로 크리스천이 아닙니다. 누가 보아도 그 법복을 입고 법정에 아주 점잔 빼고 앉아 있는 와카스기 재판장이 청년 시절에 열렬한 신앙을 가졌다는 것을 알아차리지는 못할 것입니다. 하지만 독일 대학생들이 젊을 때 혈기가 뻗치는 대로 빈번히 결투를 벌이다 남은 상처의 흔적이, 관료 정부에 출사하여 패기 없는 노관리로 전락한 후까지도 그들의 노안의 주름 사이에 남아 있는 것처럼, 와카스기 재판장의 청년 시절의 신앙 역시 어딘가에 흔적을 남기고 있는 것 같습니다.

그것은 특별한 무언가가 아닙니다. 와카스기 재판장은 죄인에 한 대단히 깊은 동정을 가지고 있었다는 점입니다. 특히 그 죄인이 저지른 죄를 조금이라도 후회하고 참회라도 하는 모습이 보이기라도 하면 재판장의 판결은 입회한 검사가 아연실색(啞然失色)할 정도로 관대해졌습니다. 물론 이럴 때 입회한 검사는 반드시 항소를 했습니다. 그 항소가 기각되는 적도 있었지만, 오히려 원 판결이 취소되어 더 엄중한

재판소라고 칭했다. 1890년의 재판구성법에 의거 구재판소(区裁判所)로 개칭되었다.

판결이 내리는 적도 종종 있었습니다.

 본디 재판장으로서 자기가 내린 판결이 취소된다는 것은 결코 그 사람으로서는 명예로운 일이 아닙니다. 그러나 그럼에도 불구하고 와카스키 재판장의 판결은 항상 지나치게 관대했습니다. 재판장이 와카스기 판사라는 것을 알면 그 사정을 파악한 피고는 덩실덩실 춤추며 기뻐하기조차 했습니다.

 세상 사람들을 전율시킨 극악무도한 사람의 경우는 별개라 치더라도, 세상 사람들은 피고가 관대한 형에 처해지는 것에 대해 특별한 항의심을 갖지는 않았습니다. 아니 그 피고인에게 다소나마 동정해야 할 점이 있을 때, 세상 사람들은 처벌이 가벼우면 가벼울수록 일종의 쾌감을 느끼는 법입니다. 하물며 그 피고인에게 조금이라도 연고가 있는 사람들이 기뻐하는 것은 당연한 일입니다. 이런 연유로 와카스기 재판장이 어느샌가 명 재판장의 명성을 구가하기 시작한 것도 결코 도리에 맞지 않은 일은 아닐 것입니다.

 물론 와카스기 재판장이 죄라는 것에 관해 일반 재판장

과는 아주 다른 생각을 가지고 있는 것은 당연한 일입니다. 이 사람은 어느 쪽인가 하면 절대로 재판관이라는 품격에 맞지 않았던 것입니다. 그 어둑어둑한 법정에서 엄격한 얼굴을 하는 법관으로서는 너무나도 섬세한 감정을 지나치게 많이 지니고 있었습니다. 실제 본인도 처음부터 법과를 전공하려는 의지는 털끝만큼도 없었습니다. 도쿄의 고등학교에 다닐 때는 문과였고, 게다가 철학을 지망했습니다. 본인 생각으로는 장차 교육자가 될 생각이었던 것 같습니다. 물론 교육자도 인간의 정신에 강한 힘을 부여해줄 수 있는 진정한 의미의 교육자가 될 생각이었습니다. 그런데 교육자 지망의 와카스기 고조(若杉浩三)가 어떻게 법과생이 되었는가에는 두 가지의 원인이 있습니다. 하나는 거의 신적 존재인 모리타(森田)라는 동창생이 갑자기 문과 지망을 그만두고 법과로 바꾸는 결심을 했기 때문입니다. 잘은 모르지만 모리타라는 사람은 1학년부터 죽 문과의 수석을 놓치지 않았던 사람인데 졸업하기 반년 전에 그 사람의 형이라는 사람이 "앞으로 문과로는 도저히 밥 먹고 살 수가 없어. 이번 기회에 과감히 법과로 바꾸는 것이 좋지 않을까?"라는 말을 했다고 합니다. 실제로 문과를 나오고도 생활에 곤란을 겪고 있는 실례는 그 무렵에도 많았기 때문에 몹시 영민한 모리타라는 사람은 금방 전과할 결심을 했다고 합니다. 자기보다는 성적도 좋고 학비에도 전혀 문제가 없었던 모리타 군이 향후의 생활 문제를 걱정하여 전과를 해버리자 당시의 와카스기 재판장도 자연히 고개를 갸우뚱하지 않을 수 없었습니다.

게다가 와카스기 씨는 이런 일을 경험한 적도 있습니다. 잘은 모르지만 고등학교 아마 2학년 무렵이었던 같은데, 와카스기 씨는 어느 날 밤에 가스가초(春日町)에서 덴쓰인(伝通院) 쪽으로 도미자카(富坂) 언덕을 오르고 있었다고 합니다. 그러자 절반쯤 비탈길을 올라가서 오른쪽에 있는 우유가게 앞에 두세 명의 사람들이 모여 있었습니다. 무슨 일인가 하고 서서 멈추었더니 그 우유가게 안에서 토목 공사 근로자 풍의 남자가 멋진 복장을 한 신사의 오른손을 오랏줄로 결박하고 데리고 나오는 것이었습니다. 한 무리라고 생각했더니 그런 무리가 몇 무리나 연이어 나오는 것입니다. 어느 무리나 할 것 없이 결박하는 쪽은 노동자 풍의 모습을 하고 있고 결박당한 쪽이 신사 복장을 하고 있는 점이 이상

했습니다. 지금 와서 생각해 보니 그것은 도박장에 경찰의 손이 미친 것이라 별 진귀한 풍경도 아닙니다만, 그 무렵에는 이런 실사회의 사건에 전혀 경험이 없던 와카스기 씨는 어안이 벙벙해진 모습으로 바라보고 있었다고 합니다. 그러자 와카스기 씨 앞으로 또 한 명의 청년이 왔다고 합니다. 이 남자는 그 자리의 사정을 와카스기 씨 이상으로 모르는 것처럼 보였고, 우유가게 입구 가까이에 와서 집안을 들여다보려 했다고 합니다. 그러자 이제 꽁꽁 묶을 죄인 대상도 다 끝난 듯 맨 마지막에 빈손으로 우유가게를 나오는 토목공사 근로자 풍의 남자는, 입구에 서서 막고 있는 이 청년이 방해가 된 듯, "비켜! 뭘 보고 자빠졌어."라고 고함을 치며 몹시 거칠게 밀어젖혔습니다. 물론 이 청년은 이 남자가 자기에게는 없는 어떤 권력을 지니고 있는 형사라는 것을 몰랐습니다.

청년 "무슨 짓을 하는 거야!"

라고 되로 호통치며 기세 좋게 그 형사에게 덤벼들었습니다. 그러자 그 형사는,

형사 "뭐라고! 이게 반항하네! 반항할 생각이 있으면 경찰

서로 와!"

라고 말하면서 난폭하게 그 청년의 손을 결박하려고 덤벼들었습니다. 아마 동료가 모두 각각 전리품을 가지고 돌아가는데 자기 혼자 빈손으로 돌아가는 것이 이 형사로서는 조금 불쾌한 일이었음에 틀림없습니다. 뭐든 상관없으니까 여하튼 한 명 붙들어 매서 돌아가겠다는 나쁜 소견이었던 것 같았습니다. 청년은 상대가 형사라는 것을 듣고는 다소 주춤한 듯했지만 그래도 힘차게 반항했습니다. 그러나 힘이 더 센 형사는 손쉽게 청년의 오른손에 오라를 걸어 마침내 끌고 가는 것이었습니다. 아마도 '직무집행방해'라는 죄명으로 여하튼 경찰에 강제 연행해서 데리고 가려는 심산인 것 같습니다. 게다가 와카스기 씨들이 서 있던 곳에서 2, 3간(間)[3] 떨어진 곳으로 질질 끌고 간 다음 얼굴을 두세 번 갈기는 듯한 소리도 들렸다고 합니다. 아마 이런 형사의 폭력은 현대의 진보된 경찰제도 하에서는 결코 행해지고 있지는 않을 것입니다. 하지만 와카스기 씨의 고등학교 시절, 즉 지금부터 십수 년 전에는 분명히 행해지고 있었던 것입니다.

---

3) 간(間) : 척관법의 길이의 단위로 1간은 6척이니 약 1.8미터에 상당한다.

다감한(센시티브한) 청년이었던 와카스기 씨가 이것을 보고 극도로 분개한 것도 당연합니다. 인권 유린, 인간에 대한 모욕, 그것은 정의의 관념이 극도로 강했던 와카스기 씨로서는 머리끝이 쭈뼛해질 정도의 불평등이었던 것입니다. 그는 국가의 권력이 이런 야만적인 인간에 의해 남용되는 것이 몸서리칠 정도로 무섭다고 생각했습니다.

그날 밤 기숙사에 돌아오고 나서도 그런 부정에 대한 의분은 좀처럼 가라앉지 않았습니다. 잠자리에 들고 나서도 다시 그 일을 계속 생각했습니다. 그때 문득 장차 법률을 배워 이런 무고한 사람들을 위해 기탄없이 올바른 이야기를 휘둘러 볼까 하는 생각이 와카스기 씨의 마음에 떠올랐습니다.

와카스기 씨가 법과를 택한 원인(遠因; 먼, 간접적인 원인)은 아마 여기에 있겠지만, 직접적인 원인은 자기가 존경하는 모리타 군이 갑자기 문과를 단념하고 법과로 전향했기 때문일 것입니다. 그 무렵은 아직 지금처럼 법과생 과잉 현상은 없었으므로 법과로 전과하는 것은 지금보다 훨씬 용이했습니다. 그러나 변호사가 될 예정이었던 와카스기 씨는 변호사가 너무 세속적이고 지나치게 실무적인 장사라는 데에 싫증이 나서 졸업을 막 앞두고 나서 뜻을 바꾸어 사법관

(司法官)[4]이 되었던 것입니다.

 이런 경력을 지닌 와카스기 재판장이 보통 재판관에 비해 보다 내면적이고 보다 인도적이며, 악인이나 죄인을 보통 사람과는 전혀 다른 생존물(生存物)이라고 보는 폐해가 전혀 없었던 것도 당연한 것이라 생각됩니다. 게다가 와카스기 씨의 죄악관(罪惡觀; 죄악에 대한 견해)에는 기독교적인 분자가 상당히 다량으로 포함되어 있는데다가 모든 범죄에서도 인간적인 동기를 충분히 짐작할 수 있으므로 도저히 죄인을 끝까지 미워할 수 없는 거겠지요. 이 죄인의 혈관을 흐르는 피나 내 혈관에 흐르는 피나 그리 대단한 차이가 있지 않다는, 재판관으로서는 지나치게 휴머니즘에 치우친 신념이 항상 와카스기 씨의 재판 심리 속에 작용하고 있었던 거겠지요. 또 하나 와카스기 씨의 마음을 움직였던 감정은 무슨 일이 있어도 억울한 사람을 만들어서는 안 된다는 생각이었습니다. 자주 재판 이야기에 인용이 되는 격언인데 "설령 9명의 죄가 있는 사람을 놓치더라도 1명의 억울한 사

---

4) 사법관(司法官) : 국가의 행정 사무를 담당하는 행정관에 대해 사법권의 행사를 담당하는 국가공무원으로 재판관이 이에 해당한다. 그러나 둘 다 법률상의 용어는 아니다.

람을 만들지 마라."는 교훈입니다. 와카스기 씨 가슴에는 이런 고려가 항상 거세게 작동하고 있었던 것 같습니다.

뭐 바꿔서 말하자면, 와카스기 재판장의 판결이 정말 관대했던 것은 재판장의 인도주의적[휴머니스틱] 인격에서 볼 때 당연한 귀결이라 해도 무방하겠지요. 와카스기 재판장이 죄인에 대한 이해가 담긴 동정은 계속 입회하는 검사들에도 전염된 듯, 처음만큼 빈번히 항소하지는 않게 되었습니다.

하지만 때로는 와카스기 씨에 대해 형량이 지나치게 관대하다는 비난도 없지 않았습니다. 그런 비난을 하는 사람들도 와카스기 재판장의 인격 깊숙이 뿌리내린 신념이 얼마나 강한지를 알게 되면 어느샌가 그런 비난을 잊어버린 줄도 모르게 버리게 되는 것 같았습니다.

와카스기 재판장이 자못 인정을 잘 분별해서 판단을 내린, 동정이 넘치는 판결을 내린 실례는 다 셀 수 없을 정도입니다. 방탕하고 불량한 형이 아버지에게 여러 차례 염치도 없이 금품을 요구한 끝에 아버지가 응하지 않은 것에 분개해서 곤봉을 휘두르며 덤빈 것을 그 자리에 있던 남동생이 차마 보지 못해 곤봉을 낚아채어 빼앗자마자 형을 단지

한 번 내리쳐 죽인 사건의 재판 등은 와카스기 재판장의 명성을 날리게 한 명 재판 중의 하나였습니다. 보통 재판관이라면 설사 피고에 동정하는 마음을 갖는다 하더라도, 존속살인이라는 죄명에 구애를 받아 아무리 정상을 참작한다 해도 4, 5년의 실형은 내렸겠지요. 그러나 와카스기 재판장은 죄를 미워해서 5년 징역을 언도함과 동시에 집행유예의 특전을 베푸는 것을 잊지 않았습니다. 이 피고에 관해서는 마을 촌장을 필두로 하여 150명이 연서한 탄원서가 제출되었을 정도였으니 당사자를 비롯해서 마을 전체가 덩실덩실 춤을 추며 기뻐했습니다.

이런 사건의 예는 얼마든지 들 수 있을 것입니다. 와카스기 재판장으로서도 형법의 눈물이라고도 할만한 집행유예의 특전을 충분히 활용하여, 어느 쪽인가 하면 지나치게 기계적으로 처리하기 쉬운 법률 운용에 한 가닥의 인정미를 더한 것은 재판관으로서도 유쾌한 일이 아닐 수 없습니다.

그런 까닭으로 5만 이상의 인구가 있는 이 △△△시에서 와카스기 재판장이라고 하면 명 재판장으로 명성이 자자하게 되었습니다.

그런데 와카스기 씨의 명성이 정상에 달했을 무렵이었을까요? 다음과 같은 사건이 발생했습니다. 누구나 한두 번쯤은 지방 신문에서 본 적이 있을 거라 생각됩니다만, 간사이(関西)지방에서는 종종 발생하는 바로 그 '중학생의 지고마(Zigoma)5)'라는 사건입니다. 이것은 활동사진의 악영향의 하나라고 해서 세상의 식자(識者)6)들이 활동사진을 비난하는 재료의 하나로 삼고 있는 것이었는데, 마침 △△△시에도 '중학생의 지고마 사건'이 발생하여 시민들의 이목을 끌었습니다. 게다가 그 범인이 규율이 엄중한 것으로 평판이 좋은 현립(縣立) 중학교의 학생으로 더욱이 급장(級長)을 맡은 우등생이고 또한 흰 피부의 미소년이었기 때문에 세상 사람들을 놀라게 한 것은 당연한 일일지도 모릅니다.

범죄 수단은, 역시 판에 박힌 방식대로, 그 소년은 △△△시의 교외에 있는 어느 부호 집에 협박장을 보내서 "○월 ○일 밤에 친주(鎭守) 하치만(八幡)의 오토리이(大鳥居) 밑에 일금 이백 엔을 신문지에 싸서 갖다 놓아라. 만일 실행하지 않

---

5) 지고마(Zigoma) : 프랑스의 탐정 소설의 주인공으로 신출귀몰하는 악한. 1911년에 영화화되어 유명해졌다.
6) 식자(識者) : 학식, 견식, 상식이 있는 사람. 지식인.

으면 온 집안을 폭탄으로 다 날려버릴 것이다."라는 허튼소리를 늘어놓은 것입니다. 그 집에서도 어차피 질이 안 좋은 장난일 거라 생각하고 그대로 내버려 두었더니, 깜짝 놀랄 일이 벌어지고 말았습니다. 마침 그 약속한 날의 전날 밤에 그 부호의 집의 문 앞에서 큰 폭발음이 들렸던 것입니다. 그러나 이것은 아마도 이 사건을 전한 신문의 과장이었을 것입니다. 바로 그 범죄자인 소년은 딱총을 한꺼번에 세 개 정도 쏘았다고 하니까 그렇게 대단한 소리가 나지는 않았다는 것은 확실합니다. 협박장 때문에 내심 다소 겁을 먹었던 부호 일가가 이 폭발 소리를 듣고 얼굴색이 바뀐 것은 반드시 과장은 아닐 것입니다. 그냥 내버려 두기에는 큰일이라서 즉시 경찰에 사람을 보내서 협박장이 날아들고부터의 자초지종을 신고했습니다. 오랫동안 사건이 없어서 무료함에 힘들어하던 경찰은 이 신고를 듣고 마치 되살아난 듯 활동을 시작했습니다. 협박장에 지정된 이튿날 밤이 되자 경찰서장 이하 경부 1명과 형사순사 6명이 모두 변장을 한 채 친주노모리(鎭守の森)[7] 지역을 멀리서부터 포위했다고 합니다. 그

---

7) 친주노모리(鎭守の森) : 일본에서 신사(친주가미; 鎭守神)에 부속되어 경내나 그 주변에 신전이나 참배길, 신에게 배례하는 장소를 둘러싸

리고 유도 초단인 형사와 검도 3급이라는 완력이 있는 형사가 뽑혀 그 오토리이(大鳥居) 뒤에 몸을 숨겼습니다. 그리고 누가 봐도 지폐 다발 같은 게 들어 있을 법한 신문지 뭉치를 그 도리이(鳥居) 바로 밑에 두었습니다.

그날은 달밤이 몹시 좋아서 형사들도 다소 낭만적인 기분으로 지고마(Zigoma)단이 습격해 오는 것을 기다리고 있었습니다. 그러자 형사들이 슬슬 무료해질 무렵 완만한 비탈의 참배길을 망토를 입은 남자 한 명이 빠른 걸음으로 올라왔다고 합니다. 형사들은 마른침을 삼켰습니다. 그리고 조금이라도 그 남자에게 수상한 거동이 보이면 금방이라도 덤벼들려는 자세를 취했습니다. 그러자 그 남자는 도리이 밑까지 와서 발을 멈추는가 싶더니 한 번 주위를 둘러보고는 밤눈에도 또렷이 보일 정도로 그 신문지 뭉치를 슬쩍 집어 드는 것이 아닙니까? 유도를 했던 형사가 사자가 사냥감에라도 달려드는 듯한 기세로 번개처럼 덤벼들었지만, 뜻밖에도 형사의 강한 팔에는 여자와 같이 날씬하고 연약한 몸이 닿았습니다. 검도를 했던 형사가 분 작은 피리소리에 모

는 식으로 설정·유지되고 있는 삼림이다.

인 서장 이하 5명은 이 소년을 한눈에 보고 다들 '아니 이런!' 식의 표정을 지었습니다.

하지만 이 연약한 소년이 공갈취재(恐喝取財)[8] 미수범임에 틀림없었습니다.

그 소년이 매우 떠들썩한 세평 속에서 공판에 넘겨진 것은 말할 필요도 없습니다. 원래 미성년자이기도 하고 경미한 죄는 검거하지 않을 수도 있지만, 이 소년이 딱총으로 실제로 공갈을 쳤다는 것은 이 소년을 위해 대단히 불리한 결과를 초래하게 되었습니다.

그러나 이 소년이 예심(予審)[9]에서 유죄를 선고받고 공판에 붙여지게 되더라도 이 소년을 걱정하는 사람들은 그다지 실망하지 않았습니다. 공판이 열리면 재판장은 와카스기 씨여서 실형을 내리는 일은 절대 없을 것이라고 모두가 생각

---

8) 공갈취재(恐喝取財) : 다른 사람을 협박하여 재물을 취하거나 부당한 이익을 얻는 것.
9) 예심(予審) : 구 형사소송법에서 인정된 제도로 공소 제기 후, 피고 사건을 공판에 붙일 것인가의 여부를 결정하고 동시에 공판에서 취조하기 어려운 증거를 수집하고 보전하는 수속으로 재판관의 권한에 속했다.

했기 때문입니다.

 제1차 공판이 열렸습니다. 와카스기 재판장의 모두(冒頭) 심문에는 피고에 대한 넘치는 동정이 보였습니다. 피고인 소년도 넉살좋게 범죄 사실을 떠들어 댔습니다. 그리고 소년의 그 무모함이 가끔 재판장에게 쓴웃음을 짓게 했습니다. 실제로 이 소년은 모험담에 물든 소년이 때때로 무모한 짓을 하는 것과 같은 맥락에서 자기도 모르는 사이에 이 엄청난 범죄에 빠져든 것 같습니다. 요컨대 소년의 특유한 낭만적 경향이 그만 사도(邪道)10)에 빠지게 한 것에 지나지 않았습니다. 와카스기 재판장은 소년의 심리에 충분히 동정할 수 있었습니다. 따라서 입회한 검사가 소년의 심리에 일말의 이해도 없는 준엄한 논고를 했을 때 도무지 마음속에서 수긍할 수 없었습니다.

 변호사의 열렬한 변호를 듣기 전부터 집행유예를 내린다는 생각은 재판장의 가슴 속에는 이미 정해져 있었던 것 같습니다. 변호사는 2시간에 가까운 시간 동안 웅변을 토해냈습니다. 변호내용의 역점은 '이 소년의 범죄는 이 소년 자신

---

10) 사도(邪道) : 올바르지 못한 길이나 사악한 도리.

의 죄가 아닌 사회의 죄이다, 다시 말하면 주안점은 교육자와 활동사진의 죄'라는 것이었습니다. 그러나 재판관의 시선 아래에 창백해진 얼굴로 온순하게 대기하고 있는 소년을 보았을 때는 모두가 연민의 정을 느끼지 않을 수 없었을 것입니다. 피부가 하얗고 동그란 얼굴의 귀염성 있는 소년이었습니다. 실제로 이 소년이 단지 장난으로 한 행동을 경찰서가 크게 부각하여 공갈취재라는 큰 사건으로 꾸며낸 느낌이 없지도 않았으니까요.

이때 와카스기 재판장은 변호사의 변론을 들으면서 자기의 소년 시절을 회상하고 있었습니다. 그러자 친구인 악동에게 사주를 받아 밤중에 이웃 마을의 사과밭으로 서리를 하러 간 일이 또렷이 생각났습니다. 그것은 소년의 마음을 두근거리게 하는 낭만적인 모험이었습니다. 하지만 그것은 법률적으로 해석할 때 어엿한 절도행위였습니다. 그러나 소년 시절에 자칫하면 누구나 행할 수 있는 자유 분망하고 모험적인 장난을 죄다 범죄시하는 것이 과연 정당한 것일까요? 실제 와카스기 재판장의 마음은 이 소년에 대한 동정으로 가득 찼습니다. 물론 우등생이고 급장이었다는 사실도 재판장의 마음을 움직였음이 분명합니다.

판결은 이다음 주 월요일에 내리기로 하고 재판은 끝났습니다.

이튿날 신문에는 법정의 상황을 전함과 동시에 소년이 집행유예의 특전을 받을 것이 확실하다는 예상의 기사가 실렸습니다. 피고인 소년에 대해 동정하는 사람들 또한 이 사실에 관해서는 조금도 의심하지 않았습니다.

그러나 그 판결이 내려지는 월요일의 3일 전, 즉 금요일 밤에 와카스기 재판장 신변에 우연한 어떤 사건이 발생했습니다.

그것은 그 금요일 밤, 확실하진 않지만, 3월 ○일에 해당하는 날의 일이었습니다. 와카스기 씨 집에서는 산후 얼마 되지 않은 부인이 아직 산후조리가 끝나지 않을 때였습니다. 이미 남자아이 3명의 어머니였는데 항상 출산이 길어져 산후의 쇠약은 옆에서 보는 사람의 눈에도 딱하게 여겨질 정도였습니다. 그날 밤도 평상시 같으면 밤늦게까지 소란피우며 돌아다녀야 할 남자아이들이 초저녁부터 강제로 잠자리에 들어야 했습니다. 그리고 와카스기 씨만이 곁방에서 꼼짝 않고 누워 있는 부인에게 가끔 말을 건네면서 서재에서 12시 무렵까지 독서에 빠지고 말았습니다. 12시를 알리는 종소리를 신호로, 하녀가 그 방에 깔아 둔 잠자리 속으로 들어갔습니다. 그때 곁방에 있던 처에게 말을 걸었지만 이미 잠이 든 듯 대답이 없었습니다.

몇 시간 지났을까요? 와카스기 씨는 문득 눈을 떴습니다. 그러자 부인이 자고 있는 곁방과는 반대쪽 거실에서 '탁탁' 하는 소리가 들려왔습니다. 와카스기 씨는 대충 쥐들이 거실 선반 위를 뛰어다니는 것이라 여기고 다시 눈을 감았습니다. 하지만 그 소리는 시끄럽게 계속되었습니다.

그러나 '여느 때 같으면 쥐가 거실에서 날뛰지 않을 텐데…' 하며 생각해 보니 와카스기 씨는 드디어 쥐가 날뛰는 원인을 알았습니다. 그것은 처의 출산 축하로 보내온 많은 과자 상자나 과일 바구니 등을 선반 위에 겹겹이 쌓아 두었기 때문이었습니다. 그것을 알아차리고는 와카스기 씨가 소리를 내서 쥐를 쫓으려고 했는데, 곁방에 누워 있던 처를 놀라게 해서는 안 된다는 생각이 들었습니다. 살며시 직접 잠자리에서 빠져나와 머리맡의 솔기를 안으로 가게 접은 다음, 양 소매를 포개어 접어 둔 옷을 간단히 입고 잘 때 꺼 두었던 전등 스위치를 돌렸습니다. 그리고 처를 깨우지 않으려고 발소리 나지 않게 조용히 걸어서 거실 쪽 가까이에 있는 맹장지 문을 열었습니다. 서재의 전등 빛이 열린 맹장지 방에서 새어 나와 곁방을 비추었는데 그것은 고작 중앙 부분이었습니다. 그러나 그 순간 심상치 않은 기색이 전등 빛이 미치지 않는 장롱 쪽 구석에서 나타났습니다. '사람이다! 도둑이라고!' 와카스기 재판장은 감전된 것처럼 거기에 우뚝 섰습니다. 그러자 그 어둠 속에서 억세고 몸집이 큰 남자 한 사람이 와카스키 씨 앞으로 다가왔습니다. 와카스기 씨는 피고석 안에 딱딱하게 앉아 있는 얌전한 절도범이나 강도, 살인범이라면 지금까지 몇 명이나 봐왔는지 모릅니다. 대개는 주눅 든 모습으로 굽실굽실 고개를 숙이고 얌전하게 앉아 있는 남자들뿐이었습니다. 그러나 오늘 밤 와카스기 씨 앞에 서 있는 진짜 도둑은 그렇게 얌전한 인간은 아니었습니다. 들켜버린 이상 급히 태도가 돌변하여 협박조로 나오려는 모습이 역력했습니다. 거기에서는 재판관과 피고라는 관계 대신, 적나라한 인간 대 인간이라는 우격다짐의 관계만을 예상할 수 있었습니다. 1초, 2초, 3초…. 도둑은 움직이지 않았습니다. 와카스기 씨도 꼼짝하지 않았습니다. 와카스기 씨는 온몸이 짓눌리는 듯한, 이루 말할 수 없는 불쾌한 압박을 느끼고 있었습니다. 그러나 그런 중에서도 와카스기 씨의 이성은 결사적인 힘을 담아 선후책을 강구하고 있었습니다. 남자의 자존심으로서도, 재판관의 위엄을 유지하기 위해서도 도둑 정도는 제압할 수 있어야 한다고 생각했습니다. 하지만 그 격투의 무시무시한 소리가 잠들어 있는 처에게 줄 충격, 또 거실 건너편 다다미 여섯 장의 방에서 자고 있을 어린 세 명의 귀여운 자식에게 줄 놀라움과 위험을 생각하니, 와카사기 씨의 손은 쉽게 뻗어지지 않았다고 합니다. 심지어 이 도둑에게 상당한 돈을 주고 조용히 돌아가 달라고 애원하려고도 생각했을 정도였다고 합니다. 그러나 그것도 재판관으로서는 너무나도 위엄이 없는 행동이었습니다. 그때 별안간 '도둑님은 놓아 주면 된다.'라는 생각이 떠올랐습니다. 와카스기 씨는 불의의 습격을 피할 수 있게 두세 걸음 뒤로 물러나면서 "야!"하고 힘껏 큰 소리를 질렀습니다. 그러나 그 소리는 전혀 예기치 않은 결과를 초래했습니다. 와카스기 씨는 자기 목소리가 끝나기도 전에 곁방에서 남편 소리에 겁에 질린 부인의 무서운 비명을 들었습니다. 그와 동시에 거실 건너편 방에서는 세 명의 귀여운 아이들이 놀라서 울음을 터뜨렸습니다.

부모와 자식 다섯 명의 목소리에 놀란 듯 도둑은 어느 틈엔가 사라져버렸습니다. 물론 물건 하나 도둑맞지도 않았습니다.

그러나 쇠약한 몸에 그런 충격을 받은 부인은 갑자기 고열이 난 것도 당연한 일입니다. 그 이튿날에는 40도에 가까운 열이 하루 동안 계속되었습니다. 게다가 극도로 과민해진 부인의 신경은 사소한 소리에도 겁을 내기에 이르렀습니다. 주치의는 부인의 목숨 그 자체에도 우려가 있을 수 있다고 합니다.

게다가 귀여운 세 명의 아이들마저 그 밤의 사건이 있고 나서 묘하게 두려워하는 겁쟁이 아이들이 되었습니다.

와카스기 씨 자신도 그 도둑과 서로 대치한 단 1분간의 숨이 멎은 듯 불쾌하고 불안한 압박의 시간으로부터 좀처럼 벗어날 수 없었습니다.

와카스기 씨는 도둑을 만난 불쾌한 기억을 또렷이 머릿속에 떠올리며 이렇게 생각했습니다. '나는 학교를 나오고 나서 14, 5년간 죄라는 것만을 생각해왔다. 그리고 그 죄에 합당한 형벌을 부과하는 것을 나의 직책으로 삼아왔다. 그러나 정말로 나 자신이 진정으로 죄라는 것을 정당하게 생각해온 것일까? 그것은 너무나도 죄라는 것을 추상적으로 생각해온 것은 아닐까? 죄인 편에서만 죄를 생각하고 있었던 것은 아닐까? 눈앞에 단정하게 앉아 있는 피고의 자못 온순하고 얌전한 모습에 익숙해져서 그들이 피해자에게 입힌 무시무시한 악의 세력에 관해서는 아무런 고려도 하지 않았던 것은 아닐까?

와카스기 씨는 자기의 과거에 있어서 내린 판결의 기초를 이룬 신념이 점점 흔들리기 시작하는 것을 느꼈습니다. 와카스기 씨를 습격한 도둑, 그것은 죄명으로 보았을 때 절도미수에 해당합니다. 그러나 한 집안에 미친 악영향을 생각하면 머리끝이 쭈뼛해질 정도입니다. 부인은 그때부터 받은 충격 때문에 고열이 났고, 그 발열 때문에 쇠약해져 마침내 그로 인해 죽게라도 된다면 그 도적은 여하튼 간에 분명히 부인을 살해한 것이나 마찬가지입니다. 또 세 명의 귀여운 아이들이 받은 나쁜 영향도 금전으로는 보상할 수 없는, 커다란 피해임에 틀림없습니다. 또한 와카스기 본인이 받은 불쾌한 압박이나 불안 역시 무형이지만 중대한 피해임에 틀림없습니다.

와카스기 씨는 태어나서 처음으로 죄가 미치는 영향을

뼈에 사무칠 정도로 느꼈습니다.

그것은 와카스기 재판장의 지금까지 품었던 죄악감을 근본적으로 뒤집어버렸습니다. 그는 피해가 있던 다음 날 아침, 세상의 범죄자 일반에 대한 증오가 비로소 자기 마음속에 솟구쳐오르는 것을 느꼈습니다. 그러나 와카스기 씨는 자신의 감정 전환이 지나치게 자기 본위의 동기에서 나오는 것이 괴로웠습니다. 하지만 그렇게 전화된 것은 와카스기 씨의 감정만은 아니었습니다. 와카스기 씨의 사상도 어떤 변화를 보였으며, 최초의 바뀐 감정을 쑥쑥 입증해 나갔습니다.

월요일 오전, 예정대로 시고마 중학생의 판결이 언도되었습니다. 설령 무죄가 아니더라도 집행유예는 틀림없으리라 생각했던 피고의 육친들은 일종의 안심하는 마음으로 방청석에 들어갔습니다.

그러나 그날따라 재판장의 얼굴은 조금 창백해 보였습니다. 그리고 판결문도 여느 때와 같이 낭랑하게 울리지는 않았습니다.

"피고 아무개를 금고 1년에 처한다."라는 주문의 선고가 내려진 후 아무리 기다려도 집행유예라는 언도가 이어지지 않았습니다. 피고와 방청인들의 얼굴에 깊은 실망의 기색이 떠올랐습니다.

그러나 와카스기 재판장은 그런 것에는 전혀 개의치 않은 듯 이유서의 낭독이 끝나자 문을 밀어젖히고는 지체 없이 홱 나가버리고 말았습니다.

어떤 항의서(ある抗議書)

사법대신(司法大臣)1) 각하

일면식도 없는 무명의 제가, 갑자기 이런 서신을 드리는 무례를 용서해 주십시오. 저는 다이쇼(大正) 3년(1914년) 5월 21일 치바(千葉)현(県) 치바(千葉)마치(町)의 교외에서, 흉악하고 무참한 강도 때문에 참살당한 스미노 이치로(角野一郎) 부처의 육친(肉親)2)에 해당하는 사람입니다. 즉 이치로의 처, 스미노 도시코(角野とし子)의 남동생입니다. 누나 부부의 비참한 최후는, 당시 도쿄 각 신문에도 자세히 보도되었기에 『치바마치 부부 살인』이라는 사건은 각하의 기억 속에도 남아 있을 것으로 사료됩니다. 저는 형제인 누나가 당

---

1) 사법대신(司法大臣) : 일본 구 헌법 하의 사법성(司法省)의 장관. 사법 행정 사무를 관리함과 동시에 재판소 및 검찰국을 감독하고 검찰 사무를 지휘하는 권한을 가지고 있었다. 현재의 법무대신에 해당하는데, 재판소에 대한 권한 유무 등에 양자의 성격은 상당히 다르다.
2) 육친(肉親) : 조부모, 부모, 형제 등과 같이 혈족 관계가 있는 사람.

한 비참한 운명을 회상할 때마다 지금도 심신을 엄습하는 전율을 억누를 수 없습니다. 인간 여성 중에서 누나만큼 처참하게 죽거나 아니 죽음을 당한 사람은 없다고 생각하니 저는 지금도 가슴 속이 휘저어지는 듯합니다. 저는 당시 갖가지 기억을 머릿속에 떠올리는 것조차 불쾌하게 생각됩니다. 그러나 저는 이 서신으로, 앞으로 말씀드릴 사건의 전제로서, 당시의 일을 우선 말씀드리지 않을 수 없습니다.

제 자형(姉兄)인 스미노 이치로(角野一郎)는 다이쇼(大正) 3년(1914년) 3월까지 도쿄에서 잡지 기자를 하고 있었습니다. 그런데 그 무렵 고질병을 앓고 있던 폐가 점점 나빠져 전지 요양(轉地療養)3)을 위해 처의 친정 즉 자택 소재지인 치바(千葉)마치(町)로 왔습니다. 그리고 부모님과의 상담 끝에 바다와 가까운 교외에 다다미 여섯 장(6畳)4)짜리와 넉 장(4畳) 반, 두 장(2畳)짜리의 아담한 집을 빌려 그곳에서 요양 생활을 하기로 했습니다. 제 부모는, 지금까지 도쿄에 살

---

3) 전지 요양(轉地療養) : 기후나 환경이 좋은 곳으로 옮겨 쉬면서 병을 치료하는 것.
4) …조(畳) : 다다미(畳)의 수를 세는 말. …장.

아서 한 달에 한두 번밖에 만날 기회가 없었던 누나가 바로 근처로 이사 왔기에 매일같이 만날 수 있다는 것이 기쁘신 듯합니다. 다행히 자형의 병도 여름이 됨에 따라 점점 차도가 있는 듯하여, 여름 한동안 보양을 계속하면 건강을 회복할 수 있을 거라며 누나 부부나 저, 저희 부모까지 수미(愁眉)5)를 펴고 있었습니다. 그러나 이런 소강상태를 기뻐하고 있을 때, 바로 그 무시무시한 운명이 누나 부부에게 느닷없이 덮쳐왔던 것입니다.

잊혀지지도 않습니다. 그것은 다이쇼(大正) 3년 5월 21일의 밤, 정확히 말하면 이튿날인 22일 오전 4시경의 일이었습니다. 우리 집의 정문을 깨뜨릴 듯 격렬하게 난타하는 소리가 들렸습니다. 제가 놀라서 문을 살짝 열었더니 경찰서 표시가 붙은 제등(提灯)이 눈에 띄었습니다. 저는 순사(巡査)6) 아니면 탐정이라고 생각하고는 무슨 일이 일어났는지 가슴이 두근거렸습니다. 그러나 그 남자는 순사도 아니고

---

5) 수미(愁眉) : 근심에 잠겨 찌푸린 눈썹. 또는 그런 얼굴이나 기색. '수미를 펴다'는 '상태가 호전되어 안심하다'의 뜻을 나타낸다.

6) 순사(巡査) : 경찰관 계급의 하나. 순사부장(준사부초; 巡査部長) 아래의 최하위직 경찰. 일반직 지방공무원.

탐정도 아닌 핫피(法被)7)을 입은 경찰의 사환인 듯 보이는 남자입니다. 그 남자는 제가 문을 다 열기도 전에 숨을 헐떡거리며,

"여기가 스미노(角野) 씨의 친척 분의 댁이지요? 지금 스미노 씨의 댁에 큰일 났습니다. 당장 어느 분이라도 와 주시기를 부탁드립니다."라고 말하면서 그 남자는 부리나케 뛰어나가는 것입니다. 저는 바싹 뒤따르며 "큰일이 났다니 도대체 무슨 일입니까?"라고 물었습니다. 나중에 생각하니 사환은, 누나 부부가 살해당한 것을 알고 있었겠지만, 그런 끔찍한 참사를 자기 입으로 알리는, 그런 하기 싫은 일은 피하고 싶었던 것 같습니다.

"잘은 모르지만, 강도가 들어왔다고 하는데 자세한 것은 저도 잘 모릅니다. 여하튼 빨리 와 달라고 합니다."라고 말

---

7) 핫피(法被) : 일본 전통 의상으로 축제 등에 입거나 혹은 장인 등이 입는 시루시반텐(印半纏; 깃이나 등에 옥호나 가문(家紋; 집안의 문장) 등을 무늬만 바탕 빛깔로 남기고 다른 부분을 염색한 한텐[半纏])을 말한다. '半被'라고도 표기한다. 원래는 무사가 집안의 문장을 크게 (무늬만 바탕 빛깔로 남기고 다른 부분을) 염색한 핫피(法被)를 착용한 데에서 시작되며, 그것을 장인이나 마치비케시(町火消; 에도[江戸] 시대 소방 조직의 하나로, 시민이 자치적으로 조직한 것) 등도 착용하게 되었다.

하고는 일사천리로 되돌아갔습니다. 저는 강도라는 말을 듣고는 어떤 끔찍한 예감에 숨이 막히고 두 다리에 미약한 전율마저 느껴졌습니다. 현관으로 되돌아오니 거기에 아버지와 어머니가 잠옷 차림으로 서 있었습니다. 어머니는 이미 전율한 듯한 목소리로, "무슨 일이야? 무슨 일이 일어난 거야?"라고 조심스레 물었습니다. 제가, "누나 집에 강도가 들었어요."라고 하자, 어머니는, "어이쿠!" 말하고는 아버지의 어깨에 매달린 채 후들후들 떨기 시작했습니다. 강직한 아버지는 역시 얼굴색 하나 변하지 않고 "달려가! 빨리 가라고! 나도 금방 뒤따라갈 테니까."라고 말했습니다. 저는 떨리는 손으로 옷을 갈아입고 만일의 경우를 대비해서 부엌에 있던 떡갈나무 막대기를 들고 집에서 뛰어나갔습니다. 뒤돌아보니 어머니는 가장 사랑하는 딸을 습격한 사건으로 심한 충격을 받은 듯, 말도 제대로 하지 못하고 눈을 깜박거리면서 현관에 앉은 채 계속해서 부르르 떨고 있는 것 같았습니다.

우리 집에서 누나 집까지는 15정(町)[8] 정도 떨어져 있었

---

[8] 정(町) : 거리의 단위로 60간(間) 즉 360척으로 약 109.1미터에 상당

습니다. 치바마치(千葉町)를 벗어나 논길을 10정(町) 정도 가면, 소나무 숲이 길 양쪽에 있고 그 소나무 숲을 지나면 누나 집을 비롯한 두세 채의 집이 늘어서 있었습니다. 저는 그 15정 거리의 길을, 나중에 생각해 보니 급히 달려 10분 정도면 갔던 것 같은데, 그날 밤은 자주 걸어서 익숙해진 길인데도 여느 때의 두세 배나 긴 길처럼 느껴졌습니다. 그러나 저는 누나의 집으로 서둘러 달려가면서도 누나 부부가 살해당했다고는 꿈에도 생각하지 못했습니다. 그냥 '강도를 당해서 마음이 약한 누나 부부가 얼마나 큰 충격을 받았을까'하고, 그것만이 걱정이었습니다. 특히 그 때문에 자형의 병이 위중해지지는 않을까 하고 걱정하고 있었습니다. 누나 부부의 옷들 중에서 눈에 띌 만한 비싼 것은 전부 우리 집에 맡겨 두어서 도둑을 맞았다고 해도 얼마 안 되는 푼돈 정도라고 생각하여 그런 것은 전혀 걱정하지 않았습니다. 누나 집이 가까워지면서 정신을 차리고 보니, 누나 집의 빈지문이 한 장 열려 있고 거기에서 집 밖으로 빛이 새어 나오고 있는 것이 보였습니다. 저는 누나 부부에게 안심시켜 주려는 생각에 기세 좋게 누나 집 문안으로 뛰어들어갔습니다. 그러자

한다. 따라서 15정은 약 1킬로 635미터 정도가 된다.

갑자기 문 안의 어두운 곳에서 "네놈은 누구냐!"라고 말을 거는 사람이 있었습니다. 저는 강도가 아닌가 하는 생각에 퍼뜩 상대에 대항하는 태세를 취했습니다. 저는 짐짓 허세를 부리며, "네 놈이야말로 누구냐!"라고 고함을 질렀습니다.

그러자 어둠 속에서 제게 가까이 다가온 것은 헌팅캡을 쓴 한 남자였습니다. 방금 전과는 완전히 다른 차분한 목소리로,

형사 "치바 경찰서의 형사입니다. 당신은?"

라고 물었습니다. 그 말을 듣고 저는 '후유'하고 안심하며, "그렇습니까? 고생이 많으십니다. 저는 스미야 이치로 처의 남동생입니다."라고 말했습니다. 그러자 형사는,

형사 "그럼 어서 들어가세요. 그러나 아직 검시가 끝나지 않았으니 손을 대서는 안 됩니다."

라고 말하는 것입니다. 저는 형사의 이 말을 듣고 머리에 냉수를 뒤집어쓴 듯 소름이 끼쳤습니다. "네? 검시라니! 누가 죽었습니까? 스미야입니까? 그의 아내입니까?", 저는 안달

하며 물었습니다.

"흐음, 가서 보세요. 딱하지만 참 안 됐습니다."라며 직업상 이런 피해자를 보는 데에 익숙할 형사도 진심으로 동정을 표하고 있는 것 같았습니다.

저는 마음속으로 '자형인가? 그렇지 않으면 누나인가?' 하고 생각했습니다. 육친에 대한 제 이기적인 사랑은 역시 피해자가 자형이고 누나가 아니기를 남모르게 기도하고 있었습니다.

문에서 현관까지는 4간(間)9) 정도 거리가 있었습니다. 저는 현관 격자문을 열고, "누나!"라고 불러 보았습니다. 안에서는 아무런 소리도 들리지 않았습니다. 그런데도 전등은 환하게 켜져 있는 듯합니다. "형님!" 하고 저는 다시 한번 불러 보았습니다. 그러나 역시 아무런 소리도 들리지 않았습니다. 저는 무언가 차갑고 딱딱한 것이 목에서 쭉쭉 가슴 쪽으로 내려가 가슴 가득 퍼져가는 듯한 기분이 들었습니다. 격자문을 잡고 있던 제 손이 후들후들 떨렸기 때문일까요?

---

9) 간(間) : 길이의 단위로 6척, 약 1.818미터에 상당한다. 따라서 4간은 약 7.2미터 정도가 된다.

격자문이 왠지 기분 나쁘게 덜커덩덜커덩 움직였습니다. 저는 장지 한 장 건너편에 누나 부부의 시체가 누워 있는 것을 생생하게 느꼈습니다. 저는 필사적으로 마음을 굳건히 하고는 현관 미닫이문을 열었습니다. 그러나 다다미 두 장 크기의 방에는 아무런 이상도 없었습니다. 그런데 문득 다다미 넉 장 반과 여섯 장 크기의 방 사이에 있는 맹장지가 두 자 정도 열려 있었고, 그 틈을 통해 여섯 장 크기의 방을 보았을 때, 저는 저도 모르게 "누나!" 하고 비명에 가까운 소리를 질렀습니다. 그것은 분명히 누나의 다리였습니다. 깔려있던 이불에서 다다미 위로 비스듬하게 뻗어 있는 살갗이 흰 다리는 누나의 두 다리임에 틀림이 없었습니다. 거기에서 저는 어떤 광경을 목격했을까요? 그때로부터 햇수로 5년이 되는 지금도 저는 그 광경을 떠올릴 때마다 가슴이 찢어지고 사지가 떨리는, 그런 두려움과 분노를 느끼지 않을 수 없습니다.

사법대신 각하. 각하께서는 각하의 육친께서 흉악한 인간에게 참살(慘殺)10)당한 현장을 보신 적이 있습니까? 아니

---

10) 참살(慘殺) : 끔찍하게 죽는 것.

적어도 각하의 육친께서 다른 사람에게 끔찍하게 살해당한 경험이 있으십니까? 만일 이런 경험이 없으시다면 제가 그 광경을 보고 느낀 두려움과 분노와 슬픔이 뒤섞인 형언할 수 없는 마음은 도저히 상상하실 수 없으리라 생각합니다.

저의 누나, 저의 단 하나뿐인 도시코(とし子) 누나, 그 일이 있기 바로 그 전날 저를 미소로 송영(送迎)11)해 주었던 누나는 머리를 흩뜨린 채 이불 위에 아무렇게나 내동댕이쳐 있는 것처럼 쓰러져 있었습니다. 그 목에 감겨 있던 가는 끈을 보았을 때 제 온몸이 거센 폭풍우와 같은 분노로 부르르 떨리는 것을 느꼈습니다. 저는 형사가 손을 대서는 안 된다고 하는 말도 잊어버리고 냅다 누나의 목에서 그 가증스러운 끈을 풀지 않을 수 없었습니다. 누나가 비참하게 죽은 모습과 극심한 고통의 흔적을 남긴 죽은 얼굴 등에 대해서는 말씀드리지 않겠습니다. 회상하는 것조차 저는 두렵습니다. 누나의 비참한 시신을 보고 두 손을 들고 소리 높여 울려 할 때, 저는 문득 자형의 안위가 궁금했습니다. 제가 눈을 들어 실내를 둘러보자 툇마루에 면한 미닫이문이 열려 있는 듯이 보였습니다. 딱 다다미 여섯 장의 방에 발만 두고 몸의

---

11) 송영(送迎) : 가는 사람을 보내고 오는 사람을 맞는 것.

대부분이 툇마루 위에 아무렇게나 내던져진 듯 엎드려 누워 있는 사람은 분명 자형이었습니다. 저는 누나의 시신을 일단 놔두고 자형 쪽으로 달려갔습니다. 그러나 두 손을 뒷짐 진 채 묶여 있는 자형은 누나와 마찬가지로 목이 졸려 죽은 듯 크게 뜬 눈에 죽을 때의 고통을 내보이면서 이미 전신이 차가워지기 시작했습니다. 저는 그 결박당한 두 손을 보았을 때 장이 에는 듯한 분노와 함께 눈물이 – 장 속에서 솟아나오는 눈물이 줄줄 흘러내렸습니다. 저는 미친 듯이 집에서 튀어나와 그곳에 있던 형사에게, "누가 죽인 것입니까? 범인은 누굽니까!" 하고 크게 고함을 쳤습니다. 형사에게는 제가 미쳐서 날뛰는 것처럼도 보였을지도 모릅니다. 저는 아직 오른손에 쥐고 있던 떡갈나무 막대기를 꽉 잡고는 이 형사에게라도 덤벼들 듯한 기세를 보였습니다. 형사는 역시 저를 딱하게 생각했겠지요.

형사 "정말 당신의 마음을 충분히 헤아리고도 남습니다. 아까 오신 경부(警部)[12]님 등도 대단히 안타깝게 생각하고 계신 것 같습니다. 비상선을 쳤으니 범인은 의

---

12) 경부(警部) : 일본 경찰에서 경부. 경시(警視)의 아랫니고 경부보(警部補)의 위의 직급으로 한국의 경위(警衛)에 상당한다.

외로 빨리 잡힐지도 모릅니다."

그러나 저는 누나 부부가 살해당한 원통함과 슬픔으로 잠시도 가만히 있을 수 없었습니다. 하지만 무엇을 해야 좋을지, 어떻게 행동해야 좋을지 전혀 경황이 없었고, 단지 이상하게 흥분하기만 했습니다. 저는 숨을 헐떡이면서, "범인은 강도입니까? 아니면 원한입니까?"라고 물었습니다.

형사 "음, 아직은 잘 모르지만 아마 강도일 겁니다. 초세이(長生) 군(郡) 때의 수법과 동일하다 하더군요."

형사는 대답했습니다. 저는 그렇게 대답하는 형사의 직업적인 냉담함에 화가 치밀어 올랐습니다. 누나 부부가 비참한 최후를 맞이한 것도 결국은 치바현(千葉縣) 경찰의 태만에서 비롯되었다는 생각에 저는 이 형사에게 처음부터 욕설을 퍼부어 주고 싶을 정도로 이글거리는 기분마저 느꼈습니다. 그때 아버지는 근처 사는 인력거꾼을 깨워서, 급하게 몰기 위해 인력거에 줄을 매고 한 사람이 더 끌게 하여 달려왔습니다. 저는 아버지의 얼굴을 보자 일단 멈추었던 눈물이 다시 흘러나오는 것을 느꼈습니다. 아버지는 제 얼굴을 보자 잠긴 목소리로 이렇게 말했습니다.

아버지 "어떠냐? 도시코는 다치지 않은 거지?"

거기에는 자식을 생각하는 부모의 깊은 사랑이 가득 차 있었습니다. 저는 아버지의 말을 듣자 가슴이 막혀 말이 나오지 않았습니다.

아버지 "어떠냐? 이치로도 도시코도 다치지 않았느냐?"

아버지는 다시 물었습니다. 저는 훌쩍훌쩍 울면서, "누나도 자형도 살해당했어요."라고 말했습니다. 강직한 성격의 아버지도 소리를 내지 못했습니다. 노안을 깜빡거리면서 말없이 집 안으로 들어갔습니다. 제가 아버지 뒤를 따라가 보니 아버지는 누나의 시신을 안아 올리면서, "도시코, 도시코!"라며 등을 세게 두드렸습니다. 그러나 그런 것으로 누나가 다시 살아날 리는 없었습니다. 아버지는 누나의 시신을 내려놓고 이번에는 자형의 시신을 안아 올리면서,

"이치로, 이치로!" 하며 마찬가지로 등을 두드려 보았습니다. 그러나 자형의 입술은 이미 보라색으로 변해 있었습니다. 아버지는 풀이 죽어 일어나서는 노안을 깜빡거리며,

"이놈들! 이런 몹쓸 짓을 하다니."라고 말하는가 싶더니

오른쪽 손등으로 얼굴을 몇 번이나 비벼댔습니다. 저는 아버지의 비분을 보자 다시 가슴 속이 울컥울컥 치미는 듯한 격분을 느꼈습니다.

아버지 "나는 포기하겠지만, 오신[애기 엄마]은 어떻게 생각할런지."

그 말을 듣고 저는 집에 남아서 딸의 안위를 걱정하고 있을 나이든 어머니를 생각하니 견딜 수가 없었습니다. 어머니가 누나를 얼마나 사랑하는지를 아는 저는 이 참사 소식이 어머니에게 얼마나 치명적일까 생각하지 않을 수 없었습니다. 아버지는 누나와 자형의 시신을 함께 바라보며, "부부 두 사람이 모두 살해당하다니, 이런 불행이 어찌 있을 수 있을까…."라고 말하며 원통해서 참을 수 없다는 듯 이를 갈고 있는 것 같았습니다. 마침 그때 문밖에서 몇 대의 차 소리가 들리는가 싶더니 조금 전의 형사가 들어와서는 "지금 예심판사(予審判事)[13]가 출장으로 오셨습니다."라고 말했습니다. 저는 그래도 예심판사가 와 주어서 든든하다는 생각

---

13) 예심판사(予審判事) : 구 형사소송법 하에서 예심(予審) 수속을 담당하는 재판관.

이 들었습니다. 그 사람들 손에 이 흉악한 범인이 하루라도 빨리 붙잡히기를 기도하지 않을 수 없었습니다.

그 후의 일은 간단히 말씀드리겠습니다. 저희는 또한 누나의 비참한 죽음을, 누나를 그 무엇보다도 사랑하신 어머니에게 알리는 가슴 아픈 일을 해야만 했습니다. 그것을 들었을 때, 어머니의 광란에 가까운 비통한 모습은 지금도 아주 세세한 부분까지도 말씀드릴 수 있습니다. 아버지는 어머니가 손이 발이 되도록 애걸복걸하며 부탁했음에도 불구하고 누나 부부의 참사 현장에 어머니를 가지 못하게 했습니다. 입관한 누나의 시신과 잠깐의 아쉬운 작별을 할 수 있었을 뿐입니다.

어머니는 누나의 비명횡사를 듣고 나서, 3일 동안은 한 끼도 먹지 못할 정도였습니다. 그 당시 딱 61세였는데, 원래 말랐던 몸이 불과 2, 3일 사이에 훌쩍 더 수척해져서 단지 두 개의 커다란 눈만이 미친 사람처럼 핏발이 선 채 끊임없이 불안하게 움직이고 있습니다. 밤에도 딸의 죽음을 생각하면 쉽사리 잠을 이루지 못하는 것 같았고 꾸벅꾸벅 졸다가도 '도시코, 도시코' 하고 소리 지르며 미친 듯 벌떡 일어나서 이불 위에 무릎을 꿇고 뭔가 낮은 소리로 중얼거리는

가 싶더니 다시 힘없이 쓰러져 하염없이 울기만 하는 것이었습니다.

누나가 병으로 죽었다고 하면 아무리 마음이 약한 어머니라도 이런 슬픔에는 잠기지 않았을지도 모르지만, 부부가 모두 흉악한 강도 때문에 끔찍하게 살해당했다고 하는 무시무시한 사건을 어머니로서는 도저히 견딜 수 없었을 것입니다. 그 사건이 있고 나서 멍하니 시간을 보내면서 나날이 쇠약해져 가는 것만 같았습니다.

누나 목에 달라붙어 있던 가는 끈과 자형의 뒤로 묶인 두 손을 보았을 때 저는 범인의 간을 씹지 않으면 만족하지 못할 정도의 극렬한 증오를 느끼지 않을 수 없었습니다. 저는 범인이 잡히면 제일 먼저 달려가 흠씬 두들기고 짓밟아서 누나와 자형의 원통함을 풀어주고 싶었습니다. 저는 옛날 사람들이 육친이 살해당했을 때 원수를 갚기 위해 길을 떠나 몇 년 동안이나 간난신고(艱難辛苦)[14]를 견디는 마음을 충분히 알 수 있을 것만 같았습니다. 저는 지금도 만일 복수가 허락된다면, 땅에 달려들어 물어서라도 범인을 찾아내어 누나의 원통함을 풀어주고 싶었습니다. 만일 누나 부부가

---

14) 간난신고(艱難辛苦) : 몹시 힘든 고생을 이르는 말.

살해당한 원인이 원한이라든가 치정 등이었다면 그것은 누나 부부에게도 어떤 면에서는 약간의 책임이 있다 할 수 있으므로 제 원통함은 이 정도는 아니었을 것입니다. 하지만 그 원인이 전적으로 강도 때문이고, 그 흉악범은 죄도 원한도 없는 누나 부부의 목숨을, 그럴 필요까지는 없었을 텐데도, 부당하고 무도하게 짓밟았다는 사실을 알고 나서는, 우리의 원통한 마음이 두 배나 세 배나 깊어져 가기만 했습니다. 특히 그 날 밤에 친 비상선이 아무런 효과도 없었는지 3일 지나고 5일 지나도 범인의 실마리는 전혀 잡히지 않았습니다. 저는 경찰의 활동이 결국 미적지근하게 느껴져 그냥 가만히 보고만 있을 수는 없다는 초조한 생각이 들었습니다.

과묵한 아버지는 마음속의 비분을 입 밖으로 내지는 않았지만, 어머니는 자주 입버릇처럼, "도시코의 원수는 아직 안 잡혔니?"라고 말했습니다. 그러나 저희 집안사람들이 하루라도 빨리 범인이 붙잡히기를 바라고 있었음에도 한 달이 지나고 두 달이 지나는 동안 경찰이 알려준 소식은 아무것도 없었습니다. 그러는 동안 경찰도 새로운 사건이 생기면 그쪽으로도 힘을 할애해야 했기 때문에, 시일이 지나 길어지는 것은 범인 체포의 가능성을 점점 낮추고 있는 것만 같았습니다. 저는 이제나 저제나 하는 마음에 사로잡혀 가끔 알고 지내는 경부(警部) 집을 찾아갔습니다. 경부는 제 얼굴을 보자 조금 미안한 얼굴을 하고는 이렇게 말했습니다.

경부 "좀 더 기다려 주세요. 이것이 원한에 의한 살인이 아니라 강도사건 이니만큼 다소 범인이 검거되기 쉽지 않은 면도 있지만 머지않아 귀댁 분들의 원통함을 풀어 드릴게요. 올해 안에는 무슨 일이 있어도요. 도쿄의 경시청에도 잘 부탁해 두었어요."

그것은 누나가 살해된 지 3, 4개월이 지난 그해 10월 무렵의 일이었습니다. 저는 올해 안에는 반드시 체포해 보이겠다던 경부의 말을 그나마의 위안으로 삼아 어머니에게 전하기도 했습니다.

그러나 그 해도 연말이 다가온 12월 중엽 무렵이었습니다. 어머니는 신장염이 발병해서 불과 4일인가 5일을 앓다가 쓰러지고 말았습니다. 누나가 살아있었더라면 3년이나 4년은 더 오래 살 수 있으셨겠지요. 그렇게 저는 누나 부부를 살해한 강도가 동시에 제 어머니의 수명도 단축시켰다고 생각되니 견딜 수 없었습니다. 그래서 저는 이름도 모르고 얼굴도 모르는 그 짐승 같은 인간에 대해 더욱 배가된 증오와 원한을 가지게 되었습니다.

어머니는 임종 때까지 누나에 관해 한 말을 하고 또 했습니다.

어머니 "정말 가엾어. 부부가 함께 살해당하다니, 그 아이도 어지간히 불행한 아이야."

라고 말하며 우는가 싶더니,

어머니 "에이, 천벌 받을 빌어먹을 놈! 잘도 우리 도시코를 죽였구나."

라고 화를 내며 욕설을 퍼부었습니다. 그리고 입버릇처럼,

어머니 "아직도 안 잡힌 거니? 사람을 죽인 인간이 뻔뻔스레 휘적휘적하며 걷고 있다니 하나님도 부처님도 없나?"

라고 원망의 목소리를 내기도 했지만 이내 포기한 듯이,

어머니 "정말! 에이, 그런 극악무도한 인간은 이승에서는 안 잡혀도 죽으면 지옥에 떨어질 거야. 지옥에서 호된 꼴을 당하고 말 거야."

라고 말했습니다. 이렇게 해서 어머니는 딸이 살해당한 원망과 슬픔에 몸부림치면서 12월 21일이었을까요? 가장 사랑하는 딸의 뒤를 따라 숨을 거두고 말았습니다. 범행은 겉으로 보기에는 누나 부부만 살해당한 것 같지만, 저는 어머니도 같은 범인에게 참살당한 것이라고 가슴속에 새겨 두지 않을 수 없었습니다. 어머니와 누나를 잔인무도하게 살해당한 저와 아버지는 불쾌하고 끔직한 기억에서 끊임없이 마음의 고통을 받으면서 전혀 즐겁지 않고 야속한 하루하루를 보내고 있었습니다. 『치바마치의 부부 살인(千葉町の夫婦殺し)』이라는 제목도 날이 갈수록 세상뿐만 아니라 경찰 당국자의 기억에서도 희미해져 버린 듯, 범행 수색에 관한 소식 등은 더 이상 신문지상에 한 줄도 나오지 않게 되었습니다. 저와 아버지는 점점 불안해졌습니다. 그와 함께 이러한 흉악하고 잔인한 악당을 체포하지 못하는 경찰을 저주하며 또한 이런 악당이 자유로이 활보하는 세상이 싫어졌습니다.

그런데 시운이 도래되었다고나 할까요? 다이쇼(大正) 5년 (1916년) 10월이었습니다. 범인 사카시타 쓰루키치(坂下鶴吉)는 -- 저는 그때 비로소 누나를 살해한 흉악한 인간의 이름을 알았습니다. -- 경시청(警視庁)[15]의 손에 의해 체포되었습니다. 잘은 모르지만 거동이 수상하여 구인(拘引)되었는데 심문한 결과 많은 흉악한 범행을 자백했습니다. 그 많은 범행 중에서도 제 누나를 살해한 사건이, 마치 까마귀의 검은 몸 중에서도 그 흉악한 눈이 가장 괴이한 빛을 발하는 것처럼 바로 그 사건이, 가장 무시무시한 광채를 뿜어내고 있었습니다. 『치바마치 부부 살해 범인 붙잡히다!』 각 신문은 앞다퉈 보도했지만, 사실 그는 이 사건만의 범인은 아니었습니다. 신문이 전하는 것만 보더라도 그는 열 손가락으로 셀 수 없을 정도의 사람의 목숨을 빼앗고, 수 많은 여성들의 정조를 유린하여 다수의 양민들을 목메어 울게 하고 있었던 것입니다.

---

15) 경시청(警視庁) : 도쿄(東京)도(都)를 관할 구역으로 하는 경찰 기관.

아버지는 범인 체포 통지를 경찰서에서 받고는 오랜만에 명랑하게 웃었습니다. 그리고, "이것으로 도시코도 아기엄마도 성불할 거야."라고 말하며 비명에 죽은 딸과 비탄 속에 죽은 처를 애도했습니다. 그날 밤은 불단에 등불을 켜고 누나와 어머니의 영혼에 범인 체포의 기쁨을 고했습니다.

저는 처음으로 현대 일본의 경찰 제도에 감사의 뜻을 표했습니다. 그리고 '천망회회소이불실[天網恢恢疏而不失][16]'이라는 옛말에서도 깊은 인간 세상의 섭리를 알게 된 것 같은 생각이 들었습니다.

저희가 사카시타 쓰루키치(坂下鶴吉)의 공판 과정에 지대한 주의를 기울인 것은 물론이었습니다. 그러나 역시 그 무시무시한 악당인 만큼 깨끗하게 체념한 듯 지방 재판소에서 사형 선고를 받고는 항소도 하지 않고 조용히 복역했다고 합니다. 그 판결이 있던 그 날이었습니다. 저는 저희 집안의 운명에 잔인무도한 타격을 입힌 그 남자의 얼굴을 한번 보고 싶다는 생각에 시간을 내어 방청하러 갔습니다.

---

16) '천망회회소이불실[天網恢恢疏而不失]' : 하늘의 그물은 크고 넓어 엉성해 보이지만 결코 그 그물을 빠져나가지는 못한다. 노자(老子) 73장의 말.

그 공판정의 피고석 안에 거만하게 기립해 있는 남자를 보았을 때 저는 누나 부부의 그 참사 광경을 보았을 때와 같은 전율을 느끼지 않을 수 없었습니다. 뼈대가 자못 늠름한 신체를 가지고 있었고, 눈은 핏발이 서 있었고 눈썹은 몹시 짙고 예악(穢惡)17)했으며 크고 낮은 코나 두툼하고 옆으로 뻗은 입술도 인간의 사나운 동물적 특성이 몸 전체에 넘쳐흐르는 그런 남자였습니다. 이런 남자에게 걸려들었으니 연약한 누나 부부는 잠시도 버티지 못하고 당했던 것도 당연하다는 생각이 들었습니다.

 그러나 제아무리 흉악한 이 남자도 재판장의 엄숙한 사형을 언도 받자 얼굴색이 싹 변하더니 머리를 아래로 떨어뜨렸습니다. 저는 정당한 형벌이, 아니 그가 저질은 죄악에 비하면 너무 가볍지만, 그러나 현재의 형법에 해당하는 형벌이 선고되어 그 남자가 형벌에 대해 상당한 공포를 느꼈을 때 저는 비로소 저의 한없는 분노의 마음이 진정된 것을 느꼈습니다. 그러나 제 솔직한 감정으로 말하자면 아직도 이 정도의 것만으로는 제 분노와 원한은 충분히 풀렸다고는

---

17) 예악(穢惡) : 더러운 것.

생각하지 않습니다.

  저는 사형이라는 것이 이런 경우에 충분한 형벌인지에 관해 생각해 보았습니다. 이 사카시타 쓰루키치는 우리 누나 부부를 포함하여 정확히 9명의 사람 목숨을 빼앗았습니다. 그러나 그가 빼앗은 것은, 단지 피해자들 9명의 생명만이 아닙니다. 우리 누나가 살해당함으로써 어머니가 무서운 정신적 타격을 받았던 것처럼, 다른 8명의 피해자의 아버지나 어머니, 형제나 자매가 똑같이 무서운 타격을 받은 것임에 틀림없습니다. 9명의 피해자 때문에 40명 50명의 육친에 해당하는 사람들이 부모나 자식, 형제나 자매를 살해당하고는 틀림없이 원통한 눈물을 흘리며 목메어 울고 있을 것입니다. 목숨을 빼앗기는 것도 인생의 비참한 일임이 분명합니다. 그러나 육친의 부모나 형제자매를 아무런 죄도 없는데 교살당하고 참살당하는 것을 보고 거기서 받은 무시무시하고 격렬한 감정을 평생 계속 짊어지고 가는 것도 마찬가지고 인생의 비참한 일이 아닐 수 없습니다. 살인의 경우, 피해자는 단지 살해당한 당사자만이 아닙니다. 그 피해자의 부모와 자식, 형제자매는 목숨을 빼앗기지는 않지만 정신적으로는 무시무시한 타격을 받습니다. 사카시타 쓰루키치가 죽인 것은 불과 9명 일수도 있습니다. 그러나 그의 흉악한 소행 때문에 고통을 받는 것은 저희 부자만은 아닐 것입니다. 그런 점에서 생각해 보면 사형 운운하는 것은 너무 가볍다 싶을 정도로 가벼운 것 같습니다. 9개 목숨과 1개의 목숨. 저는 수학적인 수의 관점에서만 말하는 것이 아닙니다. 사카시타 쓰루키치가 선고받은 날부터 처형되는 날까지 옥중에서 아무리 괴로워해도 그 때문에 고통을 받고 있는 수많은 사람들의 감정의 10분의 1도 속죄할 수 없을 것입니다. 특히 부당하게 교살되고 부당하게 참살당한 피해자들의 임종 때의 원통함과 고통의 100분의 1도 보상하기에 충분하지 않을 것입니다. 따라서 저는 사카시타 쓰루키치와 같은 중대 악인에게 사형 이상의 형벌을 부과할 수 없다고 하는 것은 사법제도에 있어서의 문명주의의 결함이 아닌가 생각합니다. 아무런 이유도 없이, 책임도 없이, 아무런 예고도 없이, 느닷없이 강도에게 참살당하는 피해자의 단말마의 안타깝고 어처구니없는 것, 끝없는 고통, 타오르는 듯한 원통을 생각하면 사형수의 고통 같은 것은 너무 과도하게 가벼운 것 같습니다. 자신이 범한 죄 때문에 살해당하는 거잖아요. 거기에는 충분히 체념도 생기고 각오도 정해지리라 생각됩니다.

그러나 현대 형법 하에서 저희는 사카시타 쓰루키치의 사형으로 만족하지 않을 수 없었습니다. 따라서 저는 사형수의 고통이라는 것을 여러 가지로 상상해서 가까스로 누나 부부의 참사에 대한 원통함을 풀기로 했습니다.

아무리 흉악한 인간이라도 국가의 철통 같은 팔에 의해 투옥되고 불가항력적 죽음을 선고받아, 싫든 좋든 간에 죽음에 대한 각오를 정해야 하는 공포와 고통을 상상하거나 또 하루하루 처형 날짜가 다가옴에 따라 삶에 대한 집착이 오히려 점점 강해지고 필사적으로 운명에서 도망치려고 하는 무익하지만 필사적인 몸부림 등을 생각하면 저는 누나 부부의 횡사 이후 울적한 비분을 조금씩 입 밖으로 낼 수 있었습니다.

특히 매일 아침마다 오늘은 사형이 집행되는 날이 아닌가 하고 무서워 벌벌 떠는 기분, 집행 수속을 위해 언제 간수가 문을 열지는 않을까 기대하는 무시무시한 불안 등을 생각하면 설령 충분하다고는 할 수 없지만, 어느 정도까지는 누나의 원통함을 보상받게 되리라 생각합니다.

그러는 사이에 사카시타 쓰루키치(坂下鶴吉)가 사형을 선고받고 나서 반년이나 지났을까요? 저는 어느 날 아침 신문에서 『부부 살인 범인 처형』이라는 3호 표제 기사에 의해, 드디어 사카시타 쓰루키치가 이 세계로부터 사라지게 되었다는 것을 알았습니다. 저는 오랫동안의 긴장에서 벗어난 듯이 평안하고 마음이 놓이는 기분을 느꼈고 동시에 이 악인에 대해서도 약간의 연민의 정을 느끼지 않을 수 없었습니다.

저는 이것으로 모든 것이 끝났다고 생각했습니다. 제 마음을 오랫동안 괴롭혔던 증오심도 모두 없어지고 저는 보통 사람과 마찬가지로 매끄럽고 평화스러운 기분을 가질 수 있게 되었습니다. 저는 다시 지금의 사법제도나 형법에 대해 어떤 감사의 기분을 느끼지 않을 수 없었습니다.

사법대신 각하.

만일 사건이 이대로 끝났다면 저는 이런 서신을 각하에게 삼가 제출할 필요는 조금도 없었습니다.

그러나 사카시타 쓰루키치가 처형되고 나서 1년이나 지났을 무렵이었습니다. 저는 신문 광고에 의해 우연히 『사카시타 쓰루키치의 고백』이라는 한 권의 책이 어느 변호사의 노력에 의해 출판된 것을 알았습니다. 저는 사카시타 쓰루키치라는 인간의 흔적이 세상에 공공연하게 발표되는 것이 조금 불쾌했습니다. 대다수의 피해자가 그의 흉악한 공격에 의해 세상에서 영원히 매장되고 무덤 구멍 아래에 말 없는 무명의 뼈를 썩히고 있음에도 불구하고 사카시타 쓰루키치의 고백이라는 것이 여하튼 서책 형식으로 공표되고 그가 어떤 형식으로라도 그의 사상을 피력할 수 있는 것은 저로서는 상당히 부당하다고 생각되었습니다. 하지만 그런 것은 아무것도 아닙니다. 저는 『사카시타 쓰루키치의 고백』이라는 책을 읽는 시기에 즈음하여, 저는 국가의 형벌이라는 것이 이 남자에 의해 그 효과가 유린되고, 그는 그 자신에 어울리는 몹시 욕되고 고통스러운 형을 받아 죽은 대신 기쁨에 넘치고 영광에 빛나며 개선장군처럼 이 세상을 떠났다는 것을 알고, 저는 억울하고 원통해서 견딜 수가 없습니다.

그의 손에 죽음을 당한 피해자 모두가 원통과 비분(悲憤) 속에서 괴롭게, 발버둥 치며 죽었음에도 불구하고 사카시타 쓰루키치는 자못 기쁜 듯이 교수대 위에 서서 국가의 형벌 그 자체에 대해 아무런 공포를 드러내지 않고, 아무런 수치도 보이지 않고 태연자약하게 죽은 것을 알고 저는 실로 억울하고 원통해서 견딜 수가 없습니다. 게다가 감옥소장(형무소장)이란 사람마저 그 마지막 정경을 서술하기를, "죄의 무거운 짐을 던져 내려놓고 그리운 고향으로 길을 떠나 돌아가는 기분으로, 만면에 희색을 띠우고 투지가 샘솟는 그 모습은 절로 그 자리에 입회한 관리들을 감탄시키지 않을 수 없었다."고 합니다. 운운하며 마치 결사대의 용사를 보내는 것처럼 감탄하며 칭찬하고 있습니다. 만약 저의 자형 스미다 이치로, 바로 이 사카시타 쓰루키치에게 뒤로 결박당해 교살당한 스미다 이치로가 이 처형 광경을 보았더라면 뭐라고 말할까요? 자기 눈앞에서 남편이 목이 졸려 살해되고 이어서 자기 자신도 목이 졸려 살해당한 제 누나가 이 광경을 보았더라면 뭐라고 말할까요? 그들을 죽인 악인이 그들보다도 열 배나 백 배나 행복한 죽음을 국가의 감시하에 수행했다는 것을 알면 뭐라고 할까요? 이런 공평하지 않고 불합리한 처벌이 세상에 있을까요?

만일 사카시타 쓰루키치가 매우 기뻐하는 모습으로 죽은 것이 — 국가 형벌에 대해 아무런 공포도 느끼지 않은 태도가 그의 죄인으로서의 근성에서 자발적으로 나온 것이라면 저는 아무 말도 하지 않겠습니다. 9명의 인간을 죽였으면서도 매우 기뻐하는 모습으로 교수대 위에 설 수 있는 무시무시한 인간에게 누나 부부가 살해된 것은 불행 중의 불행이라고 체념할 수밖에 없습니다. 하지만 사카시타 쓰루키치의 이런 태도는 그의 자발적인 것이 아니라 그가 수감 중에 기독교로 개종한 결과였던 것입니다. 저는 지금 여기에서 기독교 그 자체에 대해 무슨 비난을 하는 것은 아닙니다. 기독교가 죄인의 교화에 노력하려는 것은 당연한 일일지도 모릅니다만 기독교의 감화가 진정으로 효과를 발휘하여 사카시타 쓰루키치의 경우처럼 교수대에 오르는 것이 천국에 가는 계단에라도 오르는 듯한 것이라면 그것으로 형벌의 목적이 달성되는 것일까요? 세상에서 많은 인간을 죽이고 많은 여성을 욕보인 악인이 감옥에 들어가서는 기독교의 감화를 받아 죽음의 고통을 전혀 느끼지 않고 천국이라도 가는 심정으로 쉬이 죽어 간다면 형벌의 효과는 어디에 있는 것인가요? 기독교로서는 정말이지 숙원의 극치일지도 모르지만 그 남자에 의해 살해당하고 능욕당한 많은 남녀, 혹은 저와 같은 유족의 원통함은 어디에서 풀어야 합니까? 다행히 모든

피해자나 그 유족이 죄다 기독교도이고 왼쪽 뺨을 맞으면 오른쪽 뺨을 내미는 사람과, 원수를 사랑할 수 있는 사람이라면 사카시타 쓰루키치의 개종을 기뻐하고 그가 몹시 기뻐하는 모습의 사형을 긍정적인 시선으로 바라봤겠지만, 저와 같이 누나 부부가 닭 취급을 당하며 참살당하고 어머니마저 그로 인해 잃은 사람으로서는 사카시타 쓰루키치가 형벌의 효과를 적절히 받는 것이 마음속의 절대적인 요구입니다. 저는 국가의 선량한 신민(臣民)[18]으로서 이것을 요구할 권리가 있다고 생각합니다. 형벌 효과가 종교적 감화에 의해 희박해져서는 안 된다고 생각합니다. 세상에 『Shinu-mono-binbou(死ぬ者貧乏); 같이 일했어도 죽은 사람은 아무것도 얻지 못한다.; 죽으면 손해다.』라는 속담이 있습니다. 사카시타 쓰루키치가 죽인 사람들은 제가 아는 바로는 국가의 양민입니다. 그런데 피해자나 피해자 유족이 국가의 손에 의해 털끝만큼도 위로나 도움을 받지 못하고 있음에도 불구하고 사카시타 쓰루키치와 같은 악인도 일단 살아 있는 사람은 선교사의 접견을 허락하고 그 개종을 장려하고 사형

---

18) 신민(臣民) : 군주국가에서 군주의 지배의 대상이 되는 사람들. 메이지(明治) 헌법 하에서 천황·황족과 공족(公族) 이외의 국민.

정신에 미치는 효과를 완화해 준다는 것은 심히 부당하고 편파적인 처사라고 생각하지 않을 수 없습니다. 사카시타 쓰루키치는 그 고백 중에, 이런 말을 하고 있습니다. "저는 현재 고맙게도 주 예수 그리스도의 자애로 이 몸과 마음 모두들 구원받았기에 지금의 감옥 생활은 다른 재소자가 날마다 밤마다 번민과 고통에 중첩되어 마음속에서는 남자가 복받쳐 우는 것처럼 눈물을 흘리고 있지만 저는 그것과 반대로 날마다 밤마다 뭐 하나의 불안도 느끼지 않고 기뻐지기만 합니다. 이것도 앞서 말씀드린 대로 다른 분께서 보시면 아무것도 안 가진 것과 똑같겠지만 모든 것을 가지고 있는 것입니다. 그래서 저희가 만든 물건이나 금전은 사용하면 없어지므로 한계가 있으나 하나님께서 제게 주신 모든 것이 있으니 아무리 많이 써도 그것은 없어지지 않고 무한합니다. 이상 말씀드린 것은 제 육체적 생사를 말하는 것은 아닙니다. 육체의 생사라는 것은 지금은 고려하고 있지 않습니다."

또 이렇게도 말하고 있습니다.

"기독교 신자는 하나님 이외에 다른 것은 어떤 것도 두려워하지 않습니다. 제가 단지 핑계로 말하는 것은 아닙니다.

마태복음에 '육신은 죽여도 영혼은 죽이지 못하는 자들을 두려워하지 마라. 19)'라고 쓰여 있습니다. 이것이 확실한 선언입니다."

이상의 사카시타 쓰루키치의 말에 의하면 그는 감옥에 있으면서 기독교 신앙을 얻었기에 그가 강도였을 때보다도 더 행복하게 살았던 것 같습니다. 그리고 사형을 전혀 두려워하고 있지 않은 것은 '육신은 죽여도 영혼은 죽이지 못하는 자들을 두려워하지 마라.'라고 말하는 것으로 명확히 알 수 있습니다. 만일 국가의 감옥이 기독교의 수도원이라면 이것으로 괜찮을지도 모르지만, 감옥이 국가의 형벌 기관인 이상 감옥에 가두면서 죄수를 그들이 죄악을 저질렀던 시절보다도 행복하게 만들고 형법을 '육신을 죽여도 영혼을 죽이지 못한 것으로' 아무런 위력이 없게 한다면 그 감옥의 목적인 사형의 위력이 발휘될 수 있을까요?

저는 잘은 모르지만 어떤 법학자로부터 형벌 목적에 관해서는 상대주의와 절대주의와 같은 두 개가 있다는 것을 들은 적이 있는데 기독교의 신앙만 얻으면 감옥도 행복하

---

19) 일본어 문어역 성서 마태복음 10장 28절.

게, 사형도 두려워할 필요가 없게 된다 해도 형벌의 목적이 훌륭하게 달성되는 것일까요? 또 죄수가 행복하게 투옥되어 몹시 기뻐하며 처형된다는 기분을 감옥소장(형무소장)이라는 직무에 있는 사람이 찬미해도 아무 지장은 없는 것일까요? 투옥이라든지 사형이라든지 현세적인 형벌이 종교의 신앙에 의해 그 효과가 엉망진창이 되었음에도 불구하고 그 현세적 형벌의 집행기관의 우두머리라는 자가 감각적인 말을 해도 괜찮은 것인가요?『사카시타 쓰루키치의 고백』에 의하면 투옥이라든가 검사라는 것들이 사카시타 쓰루키치의 신앙을 얻은 것을 마치 고양이가 쥐를 잡은 것을 칭찬하듯 칭찬을 부추기고 있습니다. 국가의 형벌이라는 것은 육체에만 부과하면 그 죄수가 마음속에서는 그 형벌을 깔보고 있든 기뻐하고 있든 그것은 제쳐두고 그 죄는 묻지 않은 것인가요? 범죄라는 것이 피해자의 육체뿐만 아니라 정신도 얼마나 괴롭히는지를 생각한다면 죄수가 형벌로 인해 육체적으로나 정신적으로 괴로워하는 것이 지극히 지당한 일이 아닐까 생각합니다. 저와 같은 유족의 대다수가 육친을 살해당해서 몸부림치며 괴로워하는 고통에 시달리고 있음에도 불구하고 그 가해자가 감옥 안에서도 행복한 생애를 보내고 교수대 위에 몹시 기뻐하며 서는 것을 감옥소장[형무소장]마저 찬미하게 된다면 피해자나 피해자 유족은 그 사실을 도대체 어떻게 생각하면 좋을까요?

특히 이 책에는 『간수와 순사에게 하는 설교』라는 항목이 하나 있습니다. 기독교 입장에서는 마음에 드는 일일지도 모르지만, 국가의 형벌기관의 간부가 형벌의 객체로부터 설교를 듣는다는 것에 이르러서는 오히려 추태가 되는 게 아닐까요?

사카시타 쓰루키치가 국가의 형벌을 받아 악인에게 어울리는 최후를 맞이했을 거라고 상상하는 것으로 약간의 위로를 받았던 저는 이 고백을 읽고 자신의 감정에 엄청난 상처를 입고 말았습니다. 누나 부부의 원한이나 저희 유족들의 원통함은 어디에서 풀어주는 건가요? 형벌의 목적에 관한 학설은 어떤지 잘 모르지만, 우리의 복수심이 국가 형벌기관의 활동에 의해 정당하고 적법하게 충족되는 것이라 신뢰하고 있던 저희 양민들의 기대는 완전히 배반당하고 말았습니다. 제 누나 부부를 참살한 인간은 웃으며 교수대 위에 서 있습니다. '참회하고 있는 것이다. 용서해 주는 게 좋잖아'

라고 하는 사람이 있을지도 모르지만 저는 기독교도[크리스첸]가 아닙니다. 특히 사카시타 쓰루키치와 같은 악인을 용서하라고 말하는 사람은 아직도 자기가 친밀히 사랑하는 사람을 강도에 의해 참살당한 경험이 없는 사람입니다. 내 혈육인 누나가 허공을 잡고 눈을 크게 뜨고 혀를 깨물고 의복도 다 드러낸 채 참살당한 현장을 본 저로서는 그 흉악한 하수인을 용서하는 것은 꿈에도 생각할 수 없는 일입니다. 사랑도 인정도 없는 열등한 인간이라고 해도 아무렇지도 않습니다. 저는 누나의 원통함이 정당하게 해결될 것을 양민의 한 사람으로서 국가에 요구할 권리가 있다고 생각합니다. 만일 사카시타 쓰루키치가 국가의 손에 의해 그렇게 쉽고 홀가분한 죽음을 맞이했다고 한다면 저에게는 달리 결심이 있었던 것 같습니다. 제가 그를 공판정에서 언뜻 보았을 때 그를 쓰러뜨리지는 못하더라도 적어도 원한의 일격을 가하지 못한 것을 새삼 뼈저리게 후회하고 있습니다.

제가 이 고백의 글을 읽었을 때 가장 먼저 '사카시타 쓰루키치(坂下鶴吉) 새끼가 꼼수를 부리는구나.'라고 생각했습니다. 이제 어차피 사형은 면할 수 없으니 정말 개심해서 기독교도가 된 모습으로 감옥소장[형무소장]을 비롯해 주위의 동정을 얻어 화려하게 사형당하려 한 것이 아닌가 하고 생각했습니다.

  이 고백에 의하면 바로 이 사카시타 쓰루키치는 일단 치바(千葉) 감옥에서 선행을 한 결과 남은 형기를 면제받고 방면이 되었다고 쓰여 있습니다. 게다가 사카시타 쓰루키치는 방면되고 난 후 9명의 인간을 죽였습니다. 치바 감옥소장[형무소장]이 이 남자의 선행을 인정하지 않았다면 저의 누나를 비롯한 피해자들은 적어도 아직 세상에 살아 있었을 것입니다. 선행에 의해 남은 형기를 면제받은 남자는 출옥 후 곧바로 죄를 저질렀을 뿐만 아니라 불과 6개월의 사이를 두고 저의 누나 부부를 살해한 것입니다. 사카시타 쓰루키치는 그 날 밤의 일을 다음과 같이 말하고 있습니다. "21일 밤 어느 집에 몰래 들어가서 집안에 있던 사람을 묶고 그 집 아내에게 돈을 내놓으라고 협박했더니 남편이 도둑이야! 도둑이야!라고 큰소리를 지르는 바람에 옆집 사람에게 들켜서는 안 된다고 생각하여 마침 그 자리에 있던 수건으로 목을 졸랐는데 그것을 보고는 아내가 있는 힘을 다해 큰소리를 치며 '살인자!'라고 소리쳐서, 마침 그 자리에 있던 폭이

좁은 띠로 결국 두 사람 모두를 죽이고 말았습니다. 눈앞에서 남편이 목이 졸려 살해당하는 것을 보고 있는 아내의 마음은 얼마나 두려웠을까요?"라고 태연하게 기술하고 있습니다. 이 범행 이후를 보았을 때 이 남자에게 인간다운 면이 어디에 있는 걸까요? 게다가 이런 남자라도 감옥에서는 선행을 행할 수 있는 것입니다. 저는 이런 남자의 형기를 감옥 내의 선행이란 것에 의해 단축시킨 당국자의 식견 없는 행동을 통탄합니다. 그러나 그것은 그렇다고 치고 사카시타 쓰루키치의 선행이 이 정도의 선행인 것처럼 그의 감옥 내의 신앙이라는 것 역시 이런 종류의 신앙이 아니었을까 생각합니다. 그가 선행 흉내 놀이를 해서 주위로부터 우레와 같은 박수갈채를 받으면서 죽어간 것은 아닐까 생각합니다. 사카시타 쓰루키치의 선행이라는 것이 어떤 것이었는가는 금세 정체를 드러냈지만, 이번에는 그와 함께 천국 혹은 지옥에 동반하는 사람이 없는 만큼 그의 모험 투기는 전보다 더 성공했다고 볼 수 있습니다. 그의 신앙을 속임수라고 보고 교수대 위에서 몹시 기뻐하는 표정을 지으면서 사실은 임박한 죽음 앞에 전율했을 거라 상상하는 것만이 저의 최소한의 위로입니다.

하지만 불교에도 '악인성불(惡人成仏)[20]'이라는 말이 있듯이 그 사카시타 쓰루키치가 다 짊어지지 못하는 죄악을 지었던 것은 오히려 참된 신앙을 얻을 기연(機緣)일지도 모릅니다. 그래서 저는 사카시타 쓰루키치의 신앙을 진심으로 경멸할 수는 없습니다. 그는 그가 고백한 대로 진정한 기독교도가 되어 기독교도가 믿는 것처럼 하나님의 손의 영접을 받아 천국에 갔을지도 모릅니다. 그 사카시타 쓰루키치의 신앙이 진정한 것이라면 그 자신이 "인간 세상의 죄의 더러움을 정화하면서 하나님의 나라로 서두르는 즐거움"이라고 사세(辞世)[21]에 서술해 둔 것처럼 천국에 갈 수 있을 것이라 생각했던 것입니다.

기독교의 교의(教義; 교리)를 진실이라 하고, 사카시타 쓰루키치의 신앙을 신실한 것이라고 할 때 사카시타 쓰루키치는 분명히 천국에 갔으리라 생각합니다. 하지만 사카시타 쓰루키치는 천국에 갔다 치고, 그의 피해자는 어디로 갔을까요?

---

20) 악인성불(惡人成仏) : 악인이란 십악업(十惡業)이나 오역죄(五逆罪) 등을 범한 악역자를 말하는데, 이런 악인이 성불하는 것을 말한다. 악인에게도 성불의 가능성이 있는 것을 말한다.
21) 사세(辞世) : 죽을 때 지어 남기는 시가.

저의 자형이나 누나도 평소부터 아무런 신앙도 가지고 있지 않았습니다. 또 설사 어떤 신앙을 가지고 있었다고 하더라도 순식간에 목숨을 빼앗긴 임종 순간을 고통과 분노의 생각으로 영혼을 어지럽힌 사람이 극락이나 천국에 갈 수 있다고는 생각되지 않습니다. 잘은 모르지만 기독교에서는 임종의 참회를 대단히 소중한 것이라 여긴다던데, 누나 부부처럼 학살을 당하면 참회는커녕 내세의 안락을 염원하는 마음이나 하나님을 찾는 마음에 한 줄기 빛도 비치지 않았으리라 생각합니다. 살해당한 순간의 마음은 아수라(阿修羅)의 마음입니다. 지옥과 같은 생각입니다. 만일 기독교의 교의가 사실이라면 지옥 바닥에 떨어지는 것 이외에 달리 방도가 없었다고 생각합니다. 누나 부부뿐만 아니겠지요. 그로 인해 살해당한 다른 7명의 사람들도 그 사람들의 신앙으로는 어쨌든 간에 임종의 고뇌 때문에 천국이나 극락으로는 결코 갈 수 없었을 것입니다. 그런데 그들의 목숨을 빼앗았을 뿐만 아니라 그 영혼마저 확실한 지옥으로 떨어뜨린 사카시타 쓰루키치는 그런 죄악을 범한 것이 오히려 참회의 재료가 되어 천국에 갈 수 있게 된다는 것은 적어도 저로서는 기괴하기 짝이 없는 이치처럼 생각됩니다. 마치 사카시타 쓰루키치에게 살해당한 자가 각대(脚台)[22]가 되고 이 악인을 ─ 기독교적으로는 성도(聖徒)를 ─ 천국에 올려 주고 있는 것 같다고는 생각하지 않으십니까? 기독교도란 이유로, 그들 종교의 취지를 위해 어떤 일을 하든 간에, 그것은 그들 마음이며 그들 쪽에는 충분한 이치가 있을지도 모릅니다만, 현세적 징벌 기관의 우두머리인 감옥소장[형무소장]까지도 그 편의를 도모하고 그것을 장려하기에 이른다면 피해자들의 영혼은 성불할 기회조차 없어지는 것이 아니겠습니까?

옛날 어떤 이탈리아인이 "어리석은 사람이 성직에 오르고 갈릴레오는 감옥에 있다"며 탄식했다고 합니다. 만일 천국의 존재가 사실이라면 "가해자는 천국에 있고 피해자는 지옥에 있다"가 되는 것입니다. 종교의 입장으로 본다면, 현세의 법률적인 구별은 어찌 되든 상관없겠지만 국가의 사법당국이 그 현세적인 직무를 잊어버리고 '가해자를 천국에 보내는' 일을 장려하고 찬미하게 만들어 버린다면 저 같은 피해자의 유족은 억울하고 원통한 마음을 어떻게 달래야 하

---

22) 각대(脚台) : 발을 얹는 받침.

는 것일까요?

하물며 그 신앙의 고백을 발표하고 국가의 형벌기관의 효과가 기독교 신앙에 의해 유린당한 사실을 공포하고, 아울러 피해자 유족의 감정에 상처 입히는 것을 허용하기에 이른다면 사법 정책상으로 생각할 때 과연 정당한 것이라 볼 수 있을까요? '형벌의 목적은 개과천선에 있다'라고 외치는 사형 폐지론자들이 자기 부인이나 자녀를 강도에게라도 살해당해 본다면 제 분개가 얼마나 자연스럽고 정당한가를 이해할 수 있으리라 생각합니다.

저는 이 서신을 마무리하면서 문득 사카시타 쓰루키치 체포를 보지 못한 채 딸이 살해당한 슬픔으로 쓰러진 제 어머니를 떠올렸습니다. 어머니는 임종 순간에 "그런 극악한 인간은 이 세상에서 잡히지 않더라도 죽으면 지옥에 떨어질 거야. 지옥에서 호되게 당할 거야."라고 말했습니다. 하지만 어머니 생각과는 전혀 달리 사카시타 쓰루키치는 -- 형무소장이나 변호사 등은 이렇게 부르고 있는 이상 어떤 극악무도한 악인도 개심한 이상 죄인 취급을 할 수는 없을지도 모릅니다 -- 이 세상에서 붙잡힌 대신 다음 세상에서는 천국에 가게 되었습니다. 저는 어머니의 어리석은 기대를 생각해낼 때마다 그녀의 무지를 가엾이 여기며 눈물이 줄줄 하염없이 흐르는 것을 참을 수가 없습니다.

〈中央公論〉(大正 8년(1919년) 4월호)

시마바라 신주島原心中[1]

 나는 신문 소설의 줄거리를 생각하고 있었다. 그것은 가난한 한 화족(華族)[2]이 어떤 졸부[벼락부자]의 원한을 사서 여러 가지 수단으로 물질적으로 압박을 받는데, 화족(華族)은 그 압박을 벗어나려고 발버둥을 치지만 오히려 졸부가 만들어 둔 함정에 빠져 법률상 죄인이 된다는 줄거리였다.
 나는 그 화족이 궁지에 몰려 법률상의 죄를 범하는 것을 되도록 진짜처럼 실제 있을 법한 일로 만들고 싶었다. 통속

---

1) 心中(しんじゅう) : 정사(情死)나 혹은 동반자살. 원래는 서로 사모하고 사랑하는 사이에 있는 남녀가 쌍방의 일치된 의사에 의해 함께 자살 또는 촉탁 살인하는 것.

2) 화족(華族) : 메이지(明治) 2년(1869년)부터부터 쇼와(昭和) 22년(1947년)까지 존재했던 근대일본의 귀족 계급. 구게(公家)의 도쇼케(堂上家; 승전(昇殿)이 허락된 집안의 총칭)에서 유래하는 화족(華族)을 도쇼카조쿠(堂上華族), 에도(江戶)시대의 다이묘케(大名家)에서 유래하는 화족을 다이묘카조쿠(大名華族), 국가에 대한 훈공에 의해 화족에 포함된 것을 신카조쿠(新華族; 군코카조쿠(勳功華族), 신적(臣籍)으로 강하한 원 황족(元皇族)을 고신카조쿠(皇親華族)라고 구별하는 경우가 있다.

소설 등에 흔해 빠진 경우를 피하고 싶었다. 나는 그를 위해 법률 전문가와 의논해 보기로 했다.

나는 머릿속에 있는 옛 친구 중에서 법학사(法学士)가 된 친구들을 세어 보았다. 고등학교 시절의 지인으로 법학사가 된 무리는 몇 명이나 있기는 있었지만, 해운회사에 들어가서 바다 건너로 가거나, 정치과를 나와 농상무성(農商務省)3) 에서 봉직하거나 미쓰비시에 들어간 친구 등만 생각나고 내 의논에 응해 줄 법한 법률 전문 법학사는 좀처럼 짚이는 데가 없었다. 그중에서 문득 아야베(綾部)라는 중학 시절의 친구가 작년에 교토(京都) 지방재판소를 그만두고 도쿄(東京)에 와서 유라쿠초(有楽町)의 ××법률사무소에 근무하고 있는 것이 생각났다. 도쿄에 올 때 엽서를 보내 주었는데, 그 ××라는 유명한 변호사의 이름이 이상하게도 확실히 내 머릿속에 남아 있었다.

나는 아야베가 산코(三高)4)에 있을 때 만난 이래 6, 7년

---

3) 농상무성(農商務省) : 메이지(明治)・다이쇼(大正) 시기에 존재했던 일본의 중앙 관청으로 농림, 수산, 상공업에 관한 행정을 관할했다.

4) 산코(三高) : 구제(旧制) 제삼고등학교(第三高等学校)의 약칭. 1894년에 제삼고등중학교(第三高等中学校)[1886년 설립]를 모체로 하여 발

만에 그를 찾아갔다. 그는 고등학생 시절과 몰라볼 정도로 피부색이 하얗게 변해 있었다. 그리고 3, 4년 동안 검사(檢事)를 했었던 흔적이, 맑지만 활기가 없고 차가운 눈 속에 남아 있었다. 그는 흔쾌히 나를 맞이해 주었고 내 소설의 줄거리에 적합한 범죄에 대해 생각해 주었다. 형법의 조문 등을 이것저것 참고하면서 이리저리 머리를 짜내어 주었다. 덧붙여 그는 이렇게 말했다.

아베 "것 참. 자네가 소설가로서 법률에 관한 점을 주의하고 있는 것에 감탄했습니다. 왠지 요즘 소설가가 쓴 소설을 읽으면 우리 전문가가 볼 때 대단히 이상한 부분이 많이 있습니다. 징역형밖에 될 수 없는 상황에서 금고가 되거나, 3년 이상 징역의 죄가 2년 징역형이 되는 등 상당히 이해하기 어려운 데가 있습니다. 게다가 소설가가 쓰는 자료가 소설가의 생활 범위에서 한 걸음도 나오지 않는다는 것이 다소 불만입니다. 우리의 요구사항을 말씀드리자면, 좀 더 법률을 배경으로 한 사건, 즉 민사, 형사에 관한 흥

족했다. 현재의 교토(京都)대학 종합인간학부 및 오카야마(岡山)대학 의학부의 전신이다.

미 있는 사건을 자료로 삼아 크게 취급해 주십사 하는 점입니다. 일반적으로 완전한 법치국가가 되기 위해서는 각자의 법률에 관한 관념이 조금 더 발달하지 않으면 안 됩니다. 그러기 위해서는 귀하들이 더욱 법률과 관계있는 사건을 통해 법률이라는 것이 인간의 생활 속에서 얼마나 중요한 의의를 지니고 있는가를 사회 일반에 알려 주었으면 좋겠습니다. 만일 당신이 집필할 생각이라면 제가 검사 시절의 경험을 여러 가지 이야기해 드려도 괜찮을 것 같습니다."

그렇게 서두를 장식하면서 그는 다음과 같은 이야기를 내게 해 주었다.

아야베 검사 "인력거가 정문을 들어갔을 때, '아 시마바라(島原)라는 데가 여기구나.'라고 말하며, 그와 동시에 상당히 격렬한 환멸과 그에 수반되는 적막감을 느끼지 않을 수 없었습니다. 부끄러운 이야기이지만 내가 시마바라에 간 것은 그때가 처음입니다. 나는 고등학교 시절부터 대학에 걸쳐 6년이나 교토에 있었지만 그때까지 옛날부터 유명한 시마바라를 한 번도 본 적이 없었습니다. 한두 번 친구가 '오이란(花魁)도추(道中)5)를 보러 가지 않을래?'라고 말한 적이 있었는데, 근엄(謹嚴)6)했던… 이라기보다도 겁쟁이였던 나는 그런 데에 발을 들여놓는 것조차 왠지 모르게 마음이 내키지 않았습니다. 그래서 대학을 나오고 나서 얼마 안 되는 그 무렵까지 내 머리에 그렸던 시마바라는 역시 소설이나 연극, 고우타(小唄)7), 전설의 시마바라였습니다. 장엄하고 화려한 건물이 이어지는 아름다운 유녀[오이란(花魁)]가 오가는, 풍속화를 색도 인쇄한 목판화에 나올법한 유곽이었던 것입니다.

따라서 그날 — 아마 틀림없이 11월 초엽이었습니다 — 수석 검사로부터 시마바라로의 출장을 하달받았을 때, 나는 마음속에 묘한 흥미가 피어나는 것을 억누를 수 없었습니

---

5) 오이란(花魁)도추(道中) : 에도(江戶) 시대 격식이 높은 유녀(遊女)가 단골손님을 맞이하기 위해 유곽 내의 요정에 갔다가 돌아오거나 특정한 날에 아름답게 치장하고 유곽 안을 대열을 지어 천천히 걷는 것.
6) 근엄(謹嚴) : 점잖고 엄숙한 것.
7) 고우타(小唄) : 에도(江戶) 시대 말기에 유행한 속곡(俗曲)의 총칭.

다. 시마바라에 간다, 게다가 그날 아침 일어난 신주(心中) 사건의 임검(臨檢)⁸⁾으로 가는 것이었으므로, 나는 장소에 대한 흥미와 사건에 대한 흥미라는 이중의 흥분상태에 있었던 것입니다.

'시마바라(島原) 신주(心中; 정사(情死))'라는 말이 소설이나 연극의 제목처럼 내 마음에 아름답게 떠올랐던 것입니다.

그러나 인력거가 그럴듯해 보이는 큰 문을 지나 유곽 속으로 달려갔을 때, 내려놓았던 덮개의 셀룰로이드 창을 통해, 11월의 탁한 오후의 햇빛 속에 힘없는 듯 들어서 있는, 지붕이 낮고 썩어가는 건물을 보았을 때, 그것이 유명한 유곽이니만큼 한층 비참하고 딱한 생각이 들었습니다. 몹시 쇠약한 환자를 의사가 내쳐서 죽음을 기다리고 있는 듯 어느 집 할 것 없이 황폐해져 무너진 채로 내버려 둔 것 같이 여겨졌습니다. 문장(紋章)이 달린 포렴(布簾; 발) 사이로 보이는 집안 내부까지, 어느 것 할 것 없이 모두 암담하고 음울하게 멸망해가는 듯한 모습을 그대로 보여주고 있는 것

---

8) 임검(臨檢) : 현장 검증. 법원이나 수사 기관이 범죄 현장이나 기타 법원 외의 장소에서 실시하는 검증.

같았습니다.

인력거가 골목으로 꺾어 들어갔을 때 내 눈앞에 보였던 건물은 더욱 비참했습니다. 비참하다기보다 추악하다고 하는 편이 적당한 걸까요? 모두가 거친 목재를 사용한 날림공사였는데, 칙칙하게 처바른 격자나 살창의 벵갈라색9)이 숨이 콱콱 막히는 불쾌한 느낌을 주는 것입니다. 그을린 사방등(灯)에 '제2의 세이카이로(清開楼)'라든가 '아이카와로(相川楼)'라 쓴 글자까지 시골 유곽에서나 볼 수 있는 듯한 저속한 느낌을 주었습니다.

내가 인력거에서 내렸을 때는 재판소를 나올 때 가졌던 흥분이나 흥미도 더 이상 남아 있지 않았습니다.

그 집은 이 거리에 늘어서 있는 허술한 2층짜리 집 중의 하나였습니다. 입구를 들어가자 봉당이 교토식으로 안쪽으로 통해 있었습니다. 그 왼쪽에 그 집 사람들과 창기들이 사는 방이 있고 오른쪽은 바로 (층계마다 밑에 장식장·서랍 따위가 있는) 계단으로 연결되어 있어 손님이 그대로 2층에 올라갈 수 있게 되어 있습니다.

신주(心中; 정사(情死))가 이루어진 곳은 물론 2층이었습니

---

9) 벵갈라색 : 녹이 슬지 않게 바르는 붉은 도료의 색.

다. 내가 경부(警部)10)의 마중을 받고 이 계단을 오르려고 했을 때, 갑자기 그 봉당을 중도에서 가리고 있는 연두색 포렴(布簾) 사이에서 내 얼굴을 뚫어지게 바라보는, 이 집의 여주인처럼 보이는 여자가 있는 것을 느꼈습니다. 넓은 이마 위 언저리가 벗겨지고 눈에 섬뜩한 빛을 띤, 한눈에 봐도 잊을 수 없는 여자였습니다.

나는 그 계단을 매우 힘차게 올라갔습니다. 그러자 먼저 올라간 경부는 꼭대기까지 오르자 급히 몸을 오른쪽으로 피하려 하는 것입니다. 나는 그런 것을 걱정하지 않고 상관없이 끝까지 올라갔습니다. 그러자 계단을 다 올라간 내 발밑에 이상한 물건이 — 그 순간에는 정말 그렇게 생각했습니다. — 쓰러져 있는 것이었습니다. 그런데 덜컥 정신을 차려 보니 내 양말을 신은 발이, 그곳 복도에 위를 보고 쓰러져 있는 여자의 마구 흩뜨려진 머리카락을 하마터면 밟을 뻔했던 것입니다. 그때 내가 받은 충격은 지금까지도 어느 정도는 생각해낼 수 있을 정도입니다. 나는 신주(心中)인 이

---

10) 경부(警部) : 일본 경찰에서 경시(警視)의 아래고 경부보(警部補)의 위로 한국의 경위(警衛)에 상당한다.

상 어느 방안에서 평범하게 쓰러져 있는 것을 상상하고 있었습니다. 유심히 살펴보니, 신주는 그 계단 끝의 첫 번째 넉 장 반짜리 다다미방에서 이루어진 것 같았는데, 여자가 쓰러져 부딪히는 바람에 빠진 듯 보이는 장지(障子) 안의 다다미에는 질척하게 굳어진 피가 질펀하게 달라붙어 있었습니다. 그 핏속에 경사(更紗)11) 같은 것으로 만들어진 낡은 이불이 아무렇게나 깔려있고 여자의 두 발은 이불 위에 살짝 얹어져 있었습니다. 천장이 머리가 닿을 정도로 낮은 방 안은 작은 들창이 있을 뿐이라 낮에도 좀 어두운 편이지만, 그 어둑어둑한 한쪽 구석에는 정사(情死) 전에 남녀가 먹고 마신 것으로 보이는 덮밥이라든가 도쿠리(德利; 술병) 등이 어지러이 한쪽으로 치워져 있었습니다. 벽은 교토 유곽에서 흔히 볼 수 있는 노란색을 띤 고운 색 모래로 겉을 바른 벽인데 자세히 보니 막다른 곳의 벽면에는 온통, 입에 머금었다가 푸~하고 뿜은 것 같이 피가 뿌려져 있었습니다.

아직 그런 장소에 익숙하지 않았던 나는, 언뜻 보고도 그

---

11) 경사(更紗) : 인도 발상의 면직물인데 색은 일반적으로 다양한 색을 사용하고, 꽃·잎·새·물 등의 무늬가 많다.

처참한 광경에서 오싹 물을 뒤집어쓴 듯한 느낌을 받았지만, 입회한 경부나 서기(書記)12)들 앞이라서 애써 냉정한 척 연기하며 일단 여자의 상처 부위를 살펴보았습니다. 완벽하게 경동맥(頸動脈)을 벤 듯 전신의 피가 죄다 그 상처 부위를 통해 내뿜어진 것처럼 가슴에서 무릎까지 몹시 더러워진 플란넬13)로 만든 잠옷을 끈적끈적하게 흠뻑 적신 후에, 다다미 위에서 복도까지 온통 흘러내려 묻어 있었습니다. 그런데 상처 부위를 보고 있을 때, 내 마음에 그보다 더 와 닿았던 것은 몹시 거칠고 피폐해진 얼굴이었습니다. 그 흙처럼 꺼칠꺼칠하고 푸르스름한 피부나 눈꼬리가 붉게 문드러진 눈 등을 보고 있으니 얼굴이라는 생각이 도저히 생기지 않았던 것입니다. 인간이라는 기분도 들지 않았습니다. 그냥 이루 말할 수 없는 비참함만이 느껴졌던 것입니다.

죽으려다가 죽지 못한 남자는 별도의 방으로 옮겨져서 의사의 처치를 받고 있었습니다. 내가 임검한 주된 목적은 상대 남자를 심문해서 '억지 정사[강제 정사]'가 아니었는지

---

12) 서기(書記) : 관공서에서 사무를 처리하는 8급 국가 공무원의 직급.
13) 플란넬 : 방모사로 짠 털이 보풀보풀한 모직물.

또 설사 합의한 정사였다고 해도 남자 쪽에 자살방조의 사실이 없었는지를 확인하기 위해서였습니다.

나는 그 남자를 임상심문(臨床尋問)14)하기 위해, 누워 있다는 별실로 갔습니다. 가서 보니 상대 남자는 머리를 바짝 치켜 깎은 20세 전후의 얼굴이 네모난, 직공처럼 보이는 남자였는데, 목에 난 상처를 둘둘 만 붕대가 턱을 묻어 버릴 정도로 부풀어 있었습니다. 얼굴에는 핏기가 없고 게슴츠레하고 맥이 빠진 눈빛을 지니고 있었는데 상처가 치명상이 아니라는 것은 의사가 아닌 문외한의 눈에도 금방 알 수 있었습니다.

나는 심문에 들어가기 전에 경찰에서 조사한 두 사람의 신원이나 정사에 이르기까지의 사정을 얼추 들어 알고 있었습니다. 남자는 후쿠시마(福島)현(県) 사람으로 니시진오리(西陣織)15)의 직공인데 징병으로 뽑혀서 12월에는 입영하기

---

14) 임상심문(臨床尋問) : 출두하지 못하는 병상에 있는 증인에 대해 재판소가 그 병상에 가서 심문하는 것.
15) 니시진오리(西陣織) : '다품종 소량 생산'이 특징인 교토(京都)[니시진(西陣)]에서 생산되는 '피륙을 짜기 전에 실을 미리 염색하는 것'의 '돋을무늬로 짠 피륙'의 총칭.

로 되어 있었고, 여자는 돗토리(鳥取)현(県) 사람으로 오늘 29세가 될 때까지 10년 가까이 시마바라에서 고용살이를 하면서 빚에 쫓기고 있었고 아직도 그 기간이 끝나지 않았다는 것, 평소에도 음침하고 침울한 여자라는 것, 최근에는 고향에 있는 어머니가 아프다는 소식을 전해 와서 병문안하러 가고 싶다, 가고 싶다고 입버릇처럼 말했지만 고용살이 신세라서 그렇게 할 수 없는 것을 분해하고 있었다고 합니다. 남자는 10월 초부터 왕래하기 시작해서 (정사가 있었던) 그 날이 6, 7번째의 만남이었던 것, 정사는 오전 7시경에 행해졌으며, 그 집 사람들은 아직 잠들어 있어서 30분 정도 지나 그 집 여주인이 가까스로 남자의 신음소리를 우연히 들어서 알았다는 것, 여주인이 뛰어 올라갔을 때 여자는 이미 완전히 숨이 끊어져 버린 것, 남자가 가지고 있던 단도를 여주인이 낚아채어 빼앗은 것, 단도를 사용하기 전에 두 사람은 휘발유를 마셨지만 죽지 못한 것 등이 대강의 경위였습니다.

나는 그러한 전후 사실을 듣고 나서 심문을 시작했습니다.

내가 심문을 시작하려고 하자 경부와 순사는 그 남자를 침상 위에 앉혔습니다. 남자는 목을 들려고 했는데 목의 상처가 아픈 듯 이를 악물고 그 고통을 꾹 참으며 일어나려고 했습니다. 내가 "고통스러우면 그대로 있어도 괜찮아."라고 말하자, 경부는 그것을 가로막듯이, "뭘요, 괜찮다니까요. 기관을 베었을 뿐이니까요. 생명에는 이상이 없습니다."라고 하면서 이번에는 그 젊은이를 혼내는 듯이, "자! 단정히 앉아! 정신 차리고! 이런 상처로 죽지는 않으니까."라고 하면서 어깨 쪽을 한 번 툭 치는 것이었습니다.

젊은이에 대한 딱한 동정은 금방 내 직업적 양심에 의해 꺾였습니다. 내가 심문을 시작했을 때는 이미 보통 검사의 어조로 바뀌었습니다. 나는 이 무렵 조금씩 피고에 대한 심문 요령을 배워가기 시작했습니다.

아야베 검사 "자, 이제부터 너에게 좀 물어보고 싶은 것이 있는데, 너도 말이지, 이미 생긴 일은 어쩔 수 없으니까 아무것도 끙끙 앓으며 생각하지 말고 남자답게 있는 그대로 이야기해 주었으면 해. 너도 이 정도로 과감한 일을 한 남자니까 깔끔하고 남자답고 미련 없이 내가 하는 말에 대답해 주지 않겠나? 알겠지?

어떻게 말하면 어떻게 받아들여진다, 이렇게 말하면 이렇게 받아들여진다, 는 식으로 속으로 생각하면 안 돼. 생각하고 말하면 거짓말이 되거든. 거짓말이 되면 일의 앞뒤가 안 맞게 되고. 앞뒤가 안 맞게 되면 진짜까지도 거짓말이 된단 말이지. 잘 알겠지? 그러니까 너는 내가 납득할 수 있게 '정말 그런가'라는 식으로 된다면, 이미 벌어진 일은 어쩔 수 없는 거고, 결국은 너한테 도움이 될 테니까. 그러니 솔직하게 말하는 편이 가장 현명한 일이 될 거야."

검사도 예심판사도 심문을 시작하기 전에는 꼭 이런 식으로 말하는 것입니다. 그리고 상대의 마음을 느긋하게 만들어 두지 않으면 거짓말만 해서 애를 먹게 되는 것입니다.

아야베 검사 "어때? 남자답게 말해 볼래?"

이렇게 다짐을 해 두자, 감은 붕대로 인해 목을 움직이지 못하는 그 젊은이는 다친 목에서 신음하는 듯한 목소리를 내며,

남자 "남자답게 말하겠습니다. 말하겠습니다."

라고 대답했습니다. 그러나 대부분의 피고는 이렇게 말하고 나서는 거짓말을 하게 되는 법입니다.

아야베 검사 "여자 이름은 뭐라고 하지?"

남자 "니시키기(錦木)라고 합니다."

아야베 검사 "언제쯤부터 가기 시작했지?"

남자 "10월 초부터입니다."

아야베 검사 "그럼 한 달도 안 되네. 지금까지 몇 번 갔었지?"

남자 "이번이 6번째입니다."

아야베 검사 "한 번에 얼마씩 돈이 들지?"

남자 "네?"

   남자는 좀 말을 머뭇거렸지만 아픈 듯 침을 삼키고 나서 이렇게 말합니다.

남자 "6엔에서 10엔 정도까지 듭니다."

아야베 검사 "너는 공장에서 얼마 받고 있어?"

남자 "하루에 1엔 50전 정도 받습니다."

아야베 검사 "음, 그래서 그중에서 식비라든가 목욕 비용을 제하면 한 달에 얼마쯤 남아?"

남자 "네, 10엔 정도 남습니다."

아야베 검사 "그래? 10엔 정도밖에 안 남는데 그것으로 한 달에 6번이나 놀고, 한 번에 6, 7엔씩이나 쓰면 돈이 부족해진다는 셈이군."

남자 "네."

아야베 검사 "그럼 뭐 다른 곳에서 돈을 마련했다는 얘기네."

남자 "네."

아야베 검사 "누구한테서 돈을 마련한 거야?"

남자 "네, 친구한테 20엔 정도 빌렸습니다."

아야베 검사 "그 밖에는 없나?"

남자 "부모님에게 10엔 빌렸습니다."

아야베 검사 "음. 도합 30엔이군. 그 정도 빚이라면 못 갚을 빚도 아니군."

남자 "네."

아야베 검사 "도대체 어째서 이런 일을 벌인 건가?"

 젊은이는 잠시 생각에 잠긴 것 같더니 갑자기 연신 콜록거리면서 입에서 거품 같은 피를 토해냈습니다. 기관의 상처 때문에 피가 입안으로 샌 것입니다.
 나는 내 심문으로 이 청년의 용태가 심각해지지는 않을까 걱정되어 경찰의(警察医)[16)]에게 물었더니 그는 태연한 얼굴로 이렇게 말했습니다.

---

16) 경찰의(警察医) : 경찰로부터 위촉을 받아 의료 업무나 검시 등에 종사하는 의사.

경찰의 "뭐, 괜찮습니다. 무슨 짓을 해도 목숨에는 지장이 없습니다. 걱정하지 마시고 계속하세요."

나는 그 말에 안심하고 다시 젊은이에게 말했습니다.

아야베 검사 "그것 봐, 그런 식으로 생각하면 안 돼. 시원하게 한번 말해 보라구."

젊은이는 입술 주위에 묻은 피를 휴지로 닦으면서,

남자 "저는 올해는 징병 대상이 되어 입영할 때까지는 돈이라도 모아서 부모님을 기쁘게 해드릴 생각이었습니다. 그런데, 이런 일로 돈은 모이지 않고 빚은 생기고, 게다가 그 여자도 불쌍한 여자라서 '고향에 한번 부모님 병문안하러 돌아가고 싶어', 라고 자주 말했지만 돌아갈 수 없는 처지라서 차라리 죽어버리는 게 낫겠다는 의논을 했었거든요."

아야베 검사 "음. 그래서 함께 죽을 의논을 한 거야? 그러나 빚이라고 해야 얼마 안 되는 돈이 아닌가? 게다가 여자가 이렇게 고향에 돌아가고 싶다면 네가 데리고 가 주면 되잖아? 뭐 먼 데도 아니고 돗토리 아니었던가?"

남자 "네, 그게 전혀 그렇게는 안 되어서요."

아야베 검사 "그래? 네가 하는 말도 일단 그럴듯하게 들리기는 하지만, 단지 그것만으로 죽었다는 것에 도무지 내가 납득이 되질 않아. 생각하지 말고 속 시원히 말해 보지 않겠나? 생각하고 말하면 거짓말이 된다니까!"

그렇게 말하자 젊은이는 그 창백한 얼굴에 살짝 핏기를 띄우면서 말했습니다.

남자 "목숨을 내던지는 일인데, 거짓말 같은 것은 절대로 하지 않습니다."

상대는 조금 격해졌지만 나는 냉정한 태도로 말했습니다.

아야베 검사 "그래? 그렇다면 그래도 좋지만, 나는 도무지 이해가 안 되는데 말이지. 내가 납득이 안 간다는 것은, 즉 이야기하고 있는 네 마음에 뭔가 응어리가 있는 거 같아서 말이지? 이럴 때 사실을 말할 수 없다면 남자로서 수치 아닌가? 뭔가 다른 사정이 있는 거지? 뭔가 나쁜 짓이라도 한 거 아냐?"

남자 "아니오, 절대로 나쁜 짓 같은 것은."

젊은이는 몹시 흥분한 채 대답했고 동시에 상처 부위에서 다시 피가 새었던 것일까요? 괴로운 듯이 연신 콜록거리는 것이었습니다. 내 마음은 그때 이미 직업적 의식으로 가득차서 청년이 힘들어해도 처음만큼의 동정은 솟아나지 않았습니다. 그뿐만 아니라 나는 상대가 상당히 집요하다는 생각에 심문 방향을 급히 바꿔 보았습니다.

아야베 검사 "그럼 그것은 그렇다고 치고, 도대체 어느 쪽이 먼저 한 거야? 너야 아니면 여자 쪽이야?"

여자 "내가 먼저 죽겠다고 해서 여자가 먼저 단도를 목에 푹 찌르고 나서 이번에는 다다미를 푹 찌르고 제게 건네주었습니다."

아야베 검사 "음, 듣고 보니 그렇군. 그런데 도대체 여자는 어떤 식으로 찌른 거야?"

남자 "그것은, 그 여자가 칼날 쪽을 위로 향하게 하고 목을 푹 찌르자 피가 줄줄 흘러내렸습니다."

아야베 검사 "그 단도를 쥔 손은 오른쪽이야? 왼쪽이야?"

남자 "오른쪽입니다."

아야베 검사 "그래? 그러고 나서 어떻게 했지?"

남자 "그리고 제가 단도를 받아 한 번 푹 찔렀는데 고통스러워서 저는 저도 모르게 일어났습니다."

아야베 검사 "그리고 나서?"

남자 "저는 신음소리를 내었던 것 같습니다. 그리고 정신을 잃고 말았습니다."

아야베 검사 "그래? 정신을 잃은 거야? 그런데 그 벽에 피가 묻어 있는 것은 어떻게 된 거지?"

남자 "제가 괴로운 나머지 기대고 말았습니다."

아야베 검사 "그러고 나서 어떻게 된 거야?"

남자 "정신을 차려보니 여주인이 제가 들고 있는 단도를 낚아채어 빼앗았습니다."

아야베 검사 "역시 그렇게 된 거군. 그 니시키기(錦木)라는 여자는 대단한 여자네. 하지만 그럼 네가 거짓말하게 되는 거 아닌가? 그 여자가 목을 찌른 것을 다시 한 번 말해 보라구!"

 같은 것을 두 번 말하게 하는 것이 우리가 하는 심문의 상투적인 수단입니다. 피고가 거짓말을 하고 있으면 반드시 그곳에는 앞뒤가 안 맞는 데가 생깁니다. 그러나 그렇다 해도 목에 상처를 입은 피고에게 두 번 같은 것을 반복하게 하는 것이 꽤 잔혹하게 생각되기도 했습니다. 그러나 그때 내 맹렬한 직무 자세가 그런 생각을 금방 없애고 말았습니다.
 그래도 젊은이는 앞에서 한 진술과 모순되지 않도록 같은 말을 반복했습니다.

아야베 검사 "그래? 그 여자가 혼자 했다고? 하지만 네가 도와주지는 않은 거네? 여자가 불쌍하지도 않아? 어차피 둘이 죽으러 가는 거였잖아. 여자가 괴로워하고 있으면 너도 손을 들어 칼을 거들어 주는 게 인정이 아닌가? 그게 인간으로서 아름다운 일이 아니냐구? 좋을지 나쁠지의 문제는 별개로 보더라도 그렇게 되어야 하는 게 아닌가?"

아까 여자 시신을 한번 보았을 때 나는 여자가, 어느 쪽인가 하면, 호흡기 쪽이 안 좋아 보이는 마른 여자로 남자가 진술한 것 같이 용기가 있는 여자일 거라고는 도저히 생각할 수 없었던 것입니다. 나는 자살방조 사실이 있다는 것을 처음부터 믿고 있었습니다. 게다가 아까 잠깐 보았을 때도 상처 부위가 한칼에 완벽하게 찔려 있는 것을 알았습니다.

아야베 검사 "어때? 나는 그 여자에게 네가 말하는 정도로 용기가 있다고는 도저히 생각이 안 드는데. 그 점이 너무나도 이상해서 말이야. 어때? 사실을 있는 그대로 말해주지 않겠나? 사실은 네가 찔러 준 거지?"

젊은이는 대놓고 당황한 듯 부정했습니다.

남자 "아니에요, 당치도 않아요."

아야베 검사 "그럼 다시 묻겠네. 그 여자의 목 부분에 긁힌 상처가 있던데 그것은 어떻게 된 거야?"

젊은이는 얼굴이 빨개졌나 싶더니 말을 안 하고 가만히 있었습니다.

아야베 검사 "네가 함께 찔러 준 거 아니야?"

젊은이는 고개를 옆으로 힘없이 움직였습니다.

아야베 검사 "그럼 그런 기억이 없다는 말인데. 여자가 목을 찌를 때 네 손은 여자 몸에 대지 않았다는 거지?"

남자 "아니오. 둘이 서로 껴안고 있어서."

나는 마음속에서 "됐다!"라고 외쳤습니다.

아야베 검사 "둘이 껴안고 음. 아까는 그런 말은 안 한 것 같은데. 음. 둘이 껴안고."

남자 "둘이 껴안고 여자가 목을 찌르고는 함께 쓰러졌습니다. 그리고 피가 나와서 눌러 주려고 했습니다."

아야베 검사 "역시 그렇군. 네가 하는 말이 점점 사실에 가까워지고 있는 것 같지 않아? 그러나 좀 더 사실적이어야만 해. 이제 조금만 더, 조금만 더 사실을 말해주면 돼."

남자 "그래서 여자가 발버둥치며 손으로 목을 막 긁고 쥐어뜯더라구요."

아야베 검사 "음, 그렇군. 그래서 긁힌 상처가 생겼다는 것이군. 그런 경우도 있으니까 그것도 사실로 들리는군. 그런데 네가 잘 생각해 봐. 보통 여자라는 것은 마음이 약한 사람이잖아. 기진노오마쓰(鬼神のお松)17)와 같은 독부라든가 노기(乃木) 대장의 부인18) 등과 같은 여장부라면, 거 있잖아, 한 번에 찔러서 멋지게 죽을지도 몰라. 그러나 그 여자처럼 몸이 약한

---

17) 기진노오마쓰(鬼神のお松) : 가부키(歌舞伎)·요미혼(読本; 에도(江戶) 시대 후반기 소설의 하나로 전기적(傳奇的)·교훈적 내용을 담고 있는 소설)·풍속화를 색도 인쇄한 목판화 등에서 이시카와 고에몬(石川五右衛門), 지라이야(自来也)와 함께 일본 삼대 도적으로 그려진 여자 도적.

18) 노기(乃木) 대장의 부인 : 노기 시즈코(乃木静子)[1859 - 1912].

여자가 그런 짓을 할 수 있을지 없을지는 누가 생각해도 알 수 있지 않을까?"

이렇게 말하기 시작하자 상대 젊은이는 대답이 막힌 듯 말을 안 하고 가만히 있었습니다. 나는 이제 한고비만 넘기면 된다고 생각했습니다.

아야베 검사 "뭐, 이런 것은 특별히 너한테 묻지 않아도 처음부터 확실히 알고 있는 일이야. 담당 의사를 데리고 왔으니까, 대부분은 너한테 묻지 않아도 알 수 있어. 그러나 네가 사실을 말하는 남자인지, 너에게 뭔가 좋은 점이 있는지 어떤지를 생각해서 물어보는 거야."

이렇게 말로 상대를 몰아세우자 젊은이는 고통스러운 듯이 몸을 뒤틀었지만,

남자 "아, 검사님. 저는 죽고 싶습니다. 부디 저를 죽여주십시오."

그는 비명처럼 부르짖더니 애달프게 흐느껴 울기 시작했습니다.

나는 젊은이를 야단치듯이 말했습니다.

아야베 검사 "그렇게 마음 약한 소리를 하면 어떻게 해. 지금 이 네 일생 중에서 가장 중요한 때가 아닌가! 지금까지 잘못한 것을 고치고 다시 태어난 인간으로 멋지게 살아갈 중요한 기회가 아닌가? 네가 한 짓이 나쁘다고 한다면 죽은 사람에 대해서도, 사회에 대해서도 죄송하다고 생각하고 그에 상당한 본분을 훌륭하게 마치고 다시 태어날 때가 아닌가? 이런 중요한 시기에 거짓말을 한다면, 너는 더 이상 아무런 쓸모도 없는, 남자 중에서도 쓰레기가 아닐까 모르겠네. 자, 죽고 싶다고 그런 마음 약한 소리 하지 말고 속 시원하게 사실을 말하는 게 어때? 단도 손잡이 끝을 조금 받쳐 들어 주었다든가, 함께 넘어질 때 조금 밀어주었다든가, 사실을 말해 보라구!"

남자 "정신이 없어서 확실히는 기억나지 않습니다만 함께 넘어질 때 제 손이 여자 목 쪽으로 갔는지도 모르겠습니다."

젊은이는 결국 사실을 말하기 시작했습니다. 내 얼굴에

득의양양한 미소가 떠오르는 것을 감출 수가 없었습니다.

아야베 검사 "음, 그렇군. 그러나 너도 자기가 한 일을 모를 리가 없지? 아니 너는 네 딴에는 잘 안다고 생각하겠지만, 상식적으로 생각하면 도무지 잘 알 수 없어. 네 마음이 되어 보지 않으면 알 수 없으니 보통 사람이 알 수 있도록 말해주지 않겠나? 그러나 거짓말을 하라는 것은 아니야."

젊은이는 잠시 말이 없다가 이내 결심한 듯이 이렇게 말했습니다.

남자 "잘 생각해 보니 그 여자가 직접 푹 찌르고 몹시 괴로워하고 있어서 그 여자 위에서 올라타서 단도 손잡이의 남아 있는 부분을 들어 주었습니다. 같이 꾹 눌러 주었습니다."

아야베 검사 "그것은 어느 쪽 손으로 한 거지?"

남자 "오른쪽 손으로 했습니다."

아야베 검사 "그때 왼손은 어떻게 하고 있었어? 설마 왼손을 위로 멍하니 올리고 있지는 않았겠지? 그때 자세는 어땠어?"

남자 "실은 왼손으로 여자의 목을 눌러 주었습니다."

아야베 검사 "음, 그렇군. 이제 상황을 잘 알겠군. 그리고 말하는 것에 무리도 없고. 그러니까 빨리 말하면 좋았잖아. 그러니까 그것에는 전혀 무리가 없는 듯하군. 잘 알았어. 그런데 하나 더 이해가 안 되는 게 있는데. 그것도 이것저것 생각하지 말고 후련하게 말하는 게 어떨까? 그건 이러이러해서 이러이러하게 되었다고 깔끔하게 말하는 게 좋을 것 같아. 무리가 없도록 알 수 있게 말이지. 그것 봐, 네가 왜 이런 짓을 했는지, 말한 김에 다 숨김없이 말해주겠나?"

남자 "그것은 아까 말씀드린 그대로입니다."

아야베 검사 "음, 아까 어떤 말을 했었지? 다시 한번 말해주지 않겠나? 아까부터 많은 이야기를 들어서 착각을 하고 있을지도 몰라. 다시 한번 자세히 말해주겠나?"

이렇게 말하는 것은, 범인에게 사실을 자백할 기회를 만들어 주기 위해서입니다.

남자 "그것은 군대에 가기 전에 돈이라도 모아서 부모님을 기쁘게 해드리려고 했던 것이 빚은 생기고 게다가 그 여자가…."

아야베 검사 "맞아, 그랬지. 아까 들은 것은 그거였지? 그것을 있는 그대로 말해주겠나? 흔히 세상에서는 이별이 괴롭다고 하잖아. 고향에 돌아가서 군대에 가게 되면 자연히 그녀하고도 헤어지게 되는 거였겠지."

남자 "실은 이런저런 사실을 말씀드렸는데요. 지금까지 말씀드린 것도 한 가지 이유입니다만, 또 하나의 다른 이유는 군대에 가는 것이 싫어져서요. 그래서 제가 곰곰이 생각하다가 여자에게 말했더니 여자도 '그럼 나도'라고 말해서 이런 일이 벌어지게 된 것입니다."

아야베 검사 "그것은 틀림없는 거지? 앞으로 네가 다른 말을 하면 네게 혐의가 있는 이상, 미움도 사게 되고 결국은 네게 손해가 될 테니까 신중히 대답해야 해."

남자 "말씀드린 대로입니다. 절대 틀림 없는 사실입니다."

그렇게 말을 마치고 젊은이는 그 얼굴에 절망의 표정을 띄우고는 그대로 무너지듯 위를 보고 쓰러지고 말았습니다.

그가 자살방조의 죄를 범한 것이 분명해졌습니다. 자살방조죄는 6개월 이상 7년 이하의 징역 또는 금고입니다. 젊은이의 심문이 끝나자 심문을 잘해서 자백하게 했다는 직무의식에서 오는 득의에 찬 기분과 만족감이 제 마음속에 솟아나는 것을 금할 수 없었습니다. 거의 한 시간에 가까운 긴 심문 때문에 몹시 피곤하여 이불에 눕고 나서도 괴로운 듯이 어깨로 숨을 쉬고 있는 젊은이를, 나는 사냥꾼이 마치 자기가 쏘아 떨어뜨린 사냥감이라도 보는 듯한 눈초리로 잠시 동안 가만히 응시하고 있었습니다. 내 심문의 멋진 표현에 잘 걸려들어서 의외로 쉽게 자백하고 만 젊은이에게 동정을 느끼면서도 또한 상대의 어리석음을 경멸하는 마음조차도 꿈틀거리기 시작했던 것입니다.

그때 경부가 내게 가까이 와서 젊은이에게는 들리지 않

는 낮은 목소리로, "잠깐 와 주십시오. 지금 부검을 하고 있습니다."라고 속삭였습니다.

나는 그 말을 듣고 여자 시신이 있는 원래 다다미 넉 장 반짜리 방으로 돌아갔습니다. 아니나 다를까 여자 시신은 이불 위에 똑바로 누워 있었습니다. 구깃구깃 때 묻은 면플란넬 같은 잠옷이 벗겨진 모습은 전보다도 더욱 비참하고 딱하게 보였습니다. 가슴 언저리의 푸르고 마른 피부에는 사람의 피부 같은 탄력이 조금도 남아 있지 않았습니다. 다 드러낸 늑골과 울퉁불퉁하게 튀어나온 팔 관절 등이 여자의 10년간의 비참한 생활을 역력히 보여주고 있었습니다. 그리고 그 몸의 하반부에 감고 있는 무지기[일본식 속치마]는 한눈에 본 사람은 자기도 모르게 얼굴을 돌려야만 할 정도로 처참한 모습이었습니다. 그것은 플란넬이었는데 바탕천의 분홍색이 바래져서 군데군데 하얀 얼룩이 생기고 그것이 잿빛으로 더러워져 있었습니다. 주의를 기울여 자세히 살펴보니 그것은 일반 여성들이 입는 것 같이 플란넬 위에 (염색하지 않은) 흰 무명천을 덧붙인 것인데, 그 흰색천이 쥐색으로 검게 된 부분으로 내뿜어진 피가 튀어서 흰 무명천 부분까지 플란넬 부분처럼 더러운 분홍색으로 보였던 것입니다.

여자는 순식간에 목의 상처 자리가 파헤쳐지더니 가슴에서 복부 쪽으로 계속해서 파헤쳐져 가는 것이었습니다. 경찰 의는 닭요리라도 하는 것처럼 아주 능숙하고 냉정한 손놀림으로 폐와 심장 그리고 위장 등을 전체적으로 확인한 후 여자에게 폐첨(肺尖)[19] 카타르의 흔적이 있다고 말했습니다.

나는 시신 부검을 보는 동안 내 기분이 납덩이처럼 뭔가에 짓눌리는 듯한 답답함을 느꼈습니다. 여자의 영양실조로 바싹 마른 몸은 그녀 과거의 괴롭고 참담한 생활을 무엇보다도 강하게 내 가슴에 보여주었습니다. 10년 동안이나 발버둥 쳐도 여전히 이런 지옥의 갈림길에서 벗어날 수 있는 서광을 발견할 수 없었던 그녀가 자살을 생각한 것은 어쩌면 지극히 당연한 일인지도 모릅니다. 가불이라고 해봐야 분명 삼백 엔이나 오백 엔 정도의 푼돈일 것입니다. 그런 돈 때문에 10년 동안 몸도 마음도 엉망진창으로 괴롭힘을 당한 그녀가 다른 수단으로는 완전히 벗어날 수 없는 자신의 처지를 죽음으로 벗어나려 한 것은 지극히 당연한 일이라 여겨집니다. 현대의 매음[賣淫; 매춘] 제도의 죄악은 매춘 그

---

19) 폐첨(肺尖) 카타르 : 폐첨(좌우 폐[肺] 상방의 뾰족한 부분)에 일어나는 결핵성 염증.

자체에 있다기보다 이런 세계에까지 자본주의의 독소가 가득 차서 매춘하는 사람 자신의 고혈(膏血)[20]이 기루(妓樓)[21]의 주인을 살찌우고 있다는 것입니다. 가난한 사람들의 자녀가 얼마 안 되는 돈 때문에 몸이 묶여 기루 주인이라는 패거리의 먹이가 되어 뼛속까지 다 빨리고 마는 것입니다. 그렇게 생각하자 그런 희생자들이 그 어쩔 수 없는 처지를 죽음으로 벗어나려 했던 것은 그것이 마지막 반항이자 유일한 도로(逃路)[22]인 것처럼 생각되었기 때문입니다.

이런 딱한 몸과 비참한 복장으로, 비참한 창녀로서의 일을 하는 것보다는 눈 딱 감고 자살하는 편이 이 여자에게는 얼마나 행복할지 모를 거라 생각했기 때문입니다.

그때 나는 이 여자의 자살을 도와준 바로 그 젊은이에 관해 생각했습니다. '이 여자는 분명히 죽음을 바라고 있다', '그리고 죽는 편이 가장 좋은 해탈이다', '이 여자가 자살하려고 발버둥 치고 있을 때 살짝 단도를 받쳐 들어 준 것이

---

20) 고혈(膏血) : 사람의 기름과 피. 여기에서 몹시 고생하여 얻은 이익이나 재산을 비유적으로 이르는 말로 전화한다.
21) 기루(妓樓) : 창기(娼妓)를 두고 영업하는 집.
22) 도로(逃路) : 도망쳐 달아나는 길. 도주로.

왜 범죄를 구성하는 것일까?', '현대 사회의 가장 부당한 틈새에 몸이 끼인 채 괴로워하던 그녀가 죽음을 생각하는 것에 어떤 무리가 있는 것일까!' 또 '그녀가 죽었다고 해서 누가 손해를 본다는 말인가! 기루 주인이 손해를 본다는 것인가? 아니, 그는 그녀를 뜯어내는 것으로 이미 충분히 입맛을 다신 후의 일이 아닌가? 우리가 그녀의 죽음을 막아야 할 어떤 구실도 없지 않은 것이 아닐까? 또 설사 그녀의 죽음을 막는다 한들, 그녀를 구해줄 어떤 방법이 있는 것인가? 그런데도 그녀가 죽음을 기도했을 때, 잠시 도와준 그 젊은이가 왜 벌을 받아야만 하는 것일까?'

그때 나는 문득 아까 심문 수단으로 젊은이에게 들려준 내 말을 떠올렸습니다.

아야베 검사 "여자가 불쌍하지도 않아? 어차피 둘이 죽으러 가는 거였잖아. 여자 괴로워하고 있으면 너도 손을 들어 칼을 거들어 주는 게 사람의 인정 아니겠어? 그게 인간으로서 아름다운 일이 아닐까?"

내가 수단을 위해 한 이 말이 거세게 내 가슴에 튀어서 되돌아왔습니다. 그 젊은이 같은 경우, 그 젊은이 같은 태도로 나오는 것은 그 누구도 수긍할만한 자연스러운 인정이 아닐까? 그것이 인간으로서 아름다운 일이 아닌가? 그런데 자기 자신은 죽으려다가 죽지 못하고 괴로워하는 그를 법률은 추궁하여 처벌해야만 하는 것일까?

그런 것을 생각하니 나는 조금 전 상처 때문에 괴로워하는 청년을 어르고 달래어 자백하게 만들고는 득의양양해진 자신의 태도가 야비하게 느껴지기 시작했습니다. 내 직무상의 양심이 자칫하면 흔들흔들 무너져버릴 것만 같았습니다.

출장 온 것이 2시경이었는데 모든 절차가 마무리되었을 무렵에는 해가 완전히 저물어 있었습니다. 우리는 철수하고자 인력거 오기를 기다리고 있을 때였습니다. 임검 중에는 사적으로 개인이 2층에 올라오는 것이 일체 금지되어 있었지만 이미 모든 것이 끝났기 때문에 그 집 사람들이 올라오는 것을 허락했습니다. 그러자 기다리고 있었던 듯 맨 먼저 올라온 사람은 아까 본 이 집의 여주인이었습니다.

내 얼굴을 보자 무릎을 꿇고 앉아 머리를 땅에 닿도록 인사를 하면서도, 그런데 이마 너머로는 차가운 눈빛으로 말똥말똥 쳐다보고 있는가 싶더니 말하기 어려운 듯, "어르신,

그 반지, 제가 가져도 괜찮을까요?"라고 말하는 것입니다.

아야베 검사 "반지? 반지가 어떻게 되었다는 거죠?"

여주인은 좀 비굴한 웃음을 짓고 있었습니다.

여주인 "네. 그 애가 끼고 있었거든요."

나는 그 말을 들었을 때, 묘한 불쾌감을 느끼지 않을 수 없었습니다.

아야베 검사 "그럼, 그 시신이 끼고 있던 반지를 갖고 싶다는 말인가요?"

여주인 "네! 그렇습니다."

나는 크게 호통치고 싶었지만, 그러나 검사로서의 이성이 내 감정을 억눌렀습니다. 시신에서 반지를 빼앗는 것, 그것은 대개의 인정에서 보면 어떤 채권 채무의 관계가 있다 하더라도 사람이 할 짓은 아닌 무시무시한 일입니다. 그러나 법률적으로 보면 그것은 단지 물건의 위치를 옮긴다는 것에 지나지 않는 것입니다.

아야베 검사 "알겠습니다."

나는 그렇게 몹시 불쾌한 표정을 지으며 대답할 수밖에 없었습니다. 여주인은 혼자서는 무섭다고 하여 형사를 붙여 시신이 놓여 있는 방으로 데리고 갔습니다.

여주인의 모습을 지켜본 내 마음은 분만(憤懣)23)이나 슬픔, 우수(憂愁)라고도 할 수 없는 묘하게 울적하면서도 터져버릴 듯한 감정으로 가득 찼습니다.

일반 사람들이 죽은 경우에는 설사 숨은 끊어졌어도 마치 살아있는 사람처럼 살아있을 때보다 더 존경받고 대우를 받는데 그녀는 — 생전에 발버둥 치고 또 발버둥 친, 들볶인 데다가 또 들볶인 그녀는 — 숨이 끊어지자마자 물건 그 자체로 취급받아 몸에 달고 있던 마지막 장식품을 생전에 그녀를 몹시 괴롭힌 기루의 여주인에게 빼앗겨야 한다고 생각하니, 그녀의 박명함에 대한 동정의 눈물이 내 눈 속에 쏟아질 듯이 가득 솟아나는 것을 참을 수가 없었습니다.

여주인은 간신히 반지를 빼내어 왔습니다. 내가 보니 그것은 기껏해야 8, 9엔 정도 할까 말까 하는 14금 정도의 가마보코[반원형] 모양의 반지였습니다. 나는 그때 걷잡을 수 없이 화가 나서 이런 말을 했습니다.

---

23) 분만(憤懣) : 억울하고 원통한 마음이 가득한 것.

아야베 검사 "당신, 그 반지를 어떻게 할 생각이야?"

여주인은 주뼛주뼛하면서,

여주인 "그 애한테 빚이 무지무지하게 많아서요. 이거라도 팔아서 보탤까 생각하고 있습니다."

아야베 검사 "그래? 그럼 누구에게 판다는 말이군. 팔 거면 나한테 팔아. 얼마나 하는 거야? 10엔이면 싸지 않은 가격이지?"

여주인 "네! 네! 충분합니다. 하지만 어쩐 일로 이런 것을 사시는 건가요?"

아야베 검사 "아냐, 그 이유는 됐어."

그렇게 말하고 나는 그 반지를 샀습니다.

그때 마침 인력거가 도착했습니다. 나는 일어나서 여주인이 이상하게 보고 있는 것을 개의치 않고 니시키기(錦木) 방에 들어갔습니다. 그리고 여주인에게서 구입한 반지를 여위어서 홀쭉해진 원래 그녀의 손가락에 끼워 주었습니다. 이미 11월 중엽인데 시신 위에 색이 바랜 메린스(스페인어)

merinos]24) 유젠(友禅)25)의 홑옷밖에 걸치고 있지 않은 것이 왠지 모르게 으스스 추워 보였습니다. 그러나 얼굴만은 정말 잠자는 듯 평온히 눈을 감고 있는 것이 그때의 내게는 가장 큰 위안이었습니다.

나는 내 뒤에서 내가 무엇을 할 것인가 주뼛주뼛 보러 온 여주인을 호되게 꾸짖듯이 말했습니다.

아야베 검사 "알겠어? 이 반지는 니시키기 것이 아니야, 내 거야. 만일 이번에 이 반지를 빼앗으면 혼날 줄 알아!"

나는 여주인이 뭔가 송구스러워하며 말하는 것을 귀담아 듣지도 않고 계단을 내려왔습니다.

나는 인력거를 타고나서 입회한 경부와 형사 앞에서 내 마지막 행동이 별쭝맞았다는 것을 알았습니다. 나중에 후회하기는 했지만, 나는 그 경우라면 그런 행동을 할 것 같다는 이상야릇한 흥분에 사로잡혔던 것도 사실입니다.

---

24) 메린스(스페인어) merinos] : 얇고 부드럽게 짠 모직물.
25) 유젠(友禅) : 천에 무늬를 염색하는 기법의 하나로 인물·꽃·새·산수 등의 무늬를 선명하게 물들이는 것.

■ 역자 소개

● 박용만(朴用萬)

인하대학교 일어일본학과 졸업
일본 츠쿠바(筑波)대학 대학원 현대문화공공정책학과 졸업
언어학 박사(言語学博士)
전공:일본어학(일본어문법·일본어교육·일본어통번역)
(현) 인하대학교 일본언어문화학과 강사

역서: 『고가 사부로(甲賀三郎) 단편 추리소설』〈共譯〉(2022)
　　　『유메노 규사쿠(夢野久作) 단편 추리소설 소녀지옥(少女地獄)』(2022)
　　　『에도가와 란포(江戸川乱歩) 파노라마 섬 기담(パノラマ島綺譚)』(2022)
논문: 「翻訳に現れる日韓『受益構文』の比較研究 -記述的文法の観点から-」일본어문학 Vol.92 (2021), 「한일 수익구문(受益構文)의 조사삽입 현상」日本語敎育 Vol.87 (2019), 「受益構文とアスペクト性について」일본학보 Vol.99 (2014)

■ 감수

● 이성규(李成圭)

(현)인하대학교 교수, 한국일본학회 고문, (전)KBS 일본어 강좌 「やさしい日本語」 진행, (전)한국일본학회 회장

한국외국어대학교 일본어과 졸업, 일본 쓰쿠바(筑波)대학 대학원 문예·언어연구과(일본어학) 수학, 언어학박사(言語学博士)

전공 : 일본어학(일본어문법·일본어경어·일본어교육)

저서 : 『도쿄일본어』(1-5), 『현대일본어연구』(1-2)〈共著〉, 『仁荷日本語』(1-2)〈共著〉, 『홍익나가누마 일본어』(1-3)〈共著〉, 『홍익일본어독해』(1-2)〈共著〉, 『도쿄겐바일본어』(1-2), 『現代日本語敬語の研究』〈共著〉, 『日本語表現文法研究』1, 『클릭 일본어 속으로』〈共著〉, 『実用日本語』1〈共著〉, 『日本語 受動文 研究의 展開』1, 『도쿄실용일본어』〈共著〉, 『도쿄 비즈니스 일본어』1, 『日本語受動文의 研究』, 『日本語 語彙論 구축을 위하여』, 『일본어 어휘』Ⅰ, 『日本語受動文 用例研究』(Ⅰ-Ⅲ), 『일본어 조동사 연구』(Ⅰ-Ⅲ)〈共著〉, 『일본어 문법연구 서설』, 『현대일본어 경어의 제문제』〈共著〉, 『현대일본어 문법연구』(Ⅰ-Ⅳ)〈共著〉, 『일본어 의뢰표현Ⅰ』, 『신판 생활일본어』, 『신판 비즈니스일본어』(1-2), 『개정판 현대일본어 문법연구』(Ⅰ-Ⅱ), 『일본어 구어역 마가복음의 언어학적 분석(Ⅰ-Ⅳ)』, 『일본어 구어역 요한복음의 언어학적 분석(Ⅰ-Ⅳ)』, 『일본어 구어역 요한묵시록의 언어학적 분석(Ⅰ-Ⅲ)』

역서 : 『은하철도의 밤(銀河鉄道の夜)』, 『인생론 노트(人生論ノート)』〈공역〉, 『두 번째 입맞춤(第二の接吻)』〈공역〉

수상 : 최우수교육상(인하대학교, 2003), 연구상(인하대학교, 2004, 2008) 서송한일학술상(서송한일학술상 운영위원회, 2008), 번역가상(사단법인 한국번역가협회, 2017), 학술연구상(인하대학교, 2018)

초판인쇄	2023년 01월 31일
초판발행	2023년 02월 03일
옮 긴 이	박용만
감 수	이성규
발 행 처	시간의물레
주 소	경기도 파주시 숲속노을로 150, 708-701
전 화	031-945-3867
팩 스	031-945-3868
전자우편	timeofr@naver.com
홈페이지	http://www.mulretime.com
블 로 그	http://blog.naver.com/mulretime
I S B N	978-89-6511-420-8 (03830)
정 가	13,000원

ⓒ 2023 박용만

* 잘못된 책은 바꾸어 드립니다.